A G O N

TRAGEDIE.

AGON,

SULTAN DE BANTAM,

TRAGÉDIE

EN CINQ ACTES ET EN VERS,

Traduite du Hollandois

De Monsieur O: Z: van HAREN,

Noble Frison.

Si quis Sinus abditus ultra,
Si qua foret tellus, quæ fulvum mitteret aurum,
Hostis erat. Fatisque in tristia bella paratis
Quærebantur opes.

A LA HAYE,

Aux dépens du Traducteur, & se vend

CHEZ CONSTAPEL, Libraire

M. DCC. LXX.

6)

A MONSIEUR,
MONSIEUR
ONNO ZWIER van HAREN,
Noble Frifon (*).

C'eſt le fort d'un grand cœur d'être perſécuté;
Je ſens que c'eſt le mien de l'aimer d'avantage.
Tancrede Aĉt. I. ſc. 6.

O TOI! de qui la main ſçavante,
D'un pinçeau ſublime & divin,
Nous trace l'Hiſtoire brillante
Des Bienfaiteurs du Genre-humain.
TOI, de qui la Muſe fleurie
Des Grands-hommes de la Patrie
Célébre les faits immortels;
Et qui, pénétré de leur gloire,
Immortaliſe TA mémoire
En leur érigeant des Autels.

TOI, qui le premier à ma Lyre
Inſpire de nobles accens,
Et qui, d'un magique délire,
Agite mes tranquilles ſens:
Van HARE, reçois mon hommage,
Et ſouffre enfin que je partage
Les lauriers dûs à TES travaux;
Permets que ma Muſe naiſſante,
D'une voix timide & tremblante,
TE range parmi nos Héros.

Oui,

(*) *Auteur d'un Poëme hollandois intitulé*, A LA PATRIE, *dans lequel brillent le Patriotisme le plus pur, l'Impartialité la plus parfaite, & l'Eloquence la plus noble.*

*

Oui, cette place T'eſt bien duë,
Et malgré la haine en fureur,
Qui, ſous TES vertus abbatuë,
TE lança ſon fiel corrupteur:
TON nom, en depit de ſa rage,
Sera célébre dans tout âge
Et cher à nos derniers Neveux;
Tandis que ces mortels vulgaires,
Jaloux de TES vertus proſpères,
Se verront mépriſés par eux.

Entend TU les races futures
Condamner notre iniquité,
Et conſoler par leurs murmures
Le Grand-homme perſécuté
Quoi, dira-t-on, quel ſort étrange !
L'Appui de la maiſon d'Orange,
Du Peuple & de la Liberté,
En bute aux coups de l'injuſtice?
O Deſtin ! quel fut ton caprice?
Batave ! où fut ton équité ?

Tels qu'on vit à Rome ces Frères *
Pour leurs bienfaits même proſcrits,
Ou tels que, dans des jours contraires,
On a vû les braves *De Wits*:
Immolés par des cœurs perfides,
Qui, de meurtre & de ſang avides,
Étoient jaloux de leur bonheur :
Tel, ô Père de la Patrie !
TU fus un inſtant dans Ta vie
La victime de l'Impoſteur.

(*) *Les Gracques.*

Ma

Mais ce trifte & noir crépufcule
Bientôt difparut à nos yeux,
Et le Peuple, un moment crédule,
Méprife TES vils envieux.
Il détefte la fource impure
Qui fçut diftiller l'impofture
Dont TES jours furent obfcurcis;
Et ces cœurs lâches & barbares,
Ennemis du nom des VAN HARES,
Sont aujourd'hui fes ennemis.

Le Batave enfin fe reveille,
Et, plein d'une jufte douleur,
Rougit d'avoir prêté l'oreille
Aux cris du Calomniateur.
Il abhorre ces ames baffes,
Qui, par efpoir ou par menaces,
Oferent TE perfécuter;
Tandis que TA vertu plus belle,
Brillant d'une fplendeur nouvelle,
Ne les a plus à rédouter.

Mais quel fera la récompenfe
Réfervée à TES doctes Chants?
Quoi! ferions nous moins que la France
Senfibles à des foins touchants?
Le Chantre du fameux Saint Pierre *
Se vit dans fa noble carrière
Par fon Roy même couronné;
Il vit le Marbre & la Peinture
Transmettre à la race future
Son nom de gloire environné.

Et

* Mr. de Belloy, Auteur du Siège de Calais.
* 2

Et TOI, l'Emule des Grands hommes,
Ferois revivre dans nos cœurs
Ces fiers Mortels de qui nous fommes
Les ftériles admirateurs.
Quoi! du fein même des ténébres
Tu tirerois les faits célébres
De nos Ancêtres généreux:
Sans que TA mémoire chérie
Dans les faftes de la Patrie
Brillât parmi leurs noms fameux?

Non, du Batave la grande ame
Chérira toujours TES Bienfaits,
Et, fuivant l'honneur qui l'enflâme,
Il accomplira mes fouhaits.
Oui, l'on verra la République
Honorer TA vertu ftoïque,
TON zéle & TON intégrité;
Et fa tendre reconnoiffance,
Admirant TA mâle éloquence,
Te promet l'Immortalité.

Déja ce Prince magnanime
Qui fçait captiver notre cœur,
En lifant le Songe fublime
De fon illuftre Précuffeur:
Sent cette émotion puiffante
Qu'infpire TA verve touchante:
Je lis TON deftin dans fes yeux!
Il va couronner le mérite
Du Chantre heureux qui reffucite
Les grands exploits de fes Ayeux

I

Il parle: le Marbre docile
Sous le ciseau va s'animer,
Et *Spini*, d'une main habile
Peignant TES traits, doit nous charmer.
J'entends la Muse pindarique *
Qui chanta d'un Peuple héroïque
Les malheurs & les faits brillants:
En depit de la sombre envie,
Célébrer par son harmonie
Et TES vertus & TES talents.

VAN HARE, j'accepte l'augure,
Et, plein de TON glorieux sort,
En secret déja je murmure
De mon infructueux effort.
Ma Muse, en proïe au plus beau zêle,
Pour chanter TA gloire immortelle
Voudroit égaler Apollon:
Heureux si ce Dieu qui m'étonne
Veut permettre qu'à TA couronne
Je puisse ajouter un fleuron.

* *Madame Decambon, Auteur d'un Poëme Hollandois à la gloire de*
l'immortel & du brave Pascal Paüli.

PRE'-

PREFACE

DE

L'AUTEUR.

LE Royaume de Batam, situé sur la côte occiden-
tale de l'Isle de Java, a été longtems gouverné, de
même que toute la partie orientale des Indes, par
des Rois du sang Malais & de la Réligion Mahomé-
tane. Le père d'Agon, Sultan de Bantam, ayant
par une révolution perdu ses Etats : Agon, agé de
vingt ans, les réconquit en 1634. Il régna environ
cinquante ans avec beaucoup de gloire & de sagesse ;
& se rendit sur-tout rédoutable aux Hollandois, qui,
comme on le sçait, ont le siége capital de leur Com-
pagnie des Indes - Orientales à Batavia, près de
Bantam.

Agon, agé de Soixante-dix ans, veut abdiquer
sa Couronne en faveur de ses deux fils. Il destine
Bantam à son fils ainé, Abdul ; & Tartasse, fruit
de ses conquêtes, à Hassan, son fils cadet. Paduca
Siri, Roi de Macassar & de Boni dans l'Isle de Cé-
lèbes, a été chassé depuis seize ans de ses Etats par
Speelman, Général des Hollandois. La Reine, son
épouse, lui fut enlevée par un boulet de canon, à la
prise de la Forteresse de Samboupo ; & lui se réfugia
avec sa fille Fatime, encore au berceau, à Bantam,
chez Agon : à la Cour du quel il mourut.

Agon est d'intention d'unir Fatime à son fils Hassan, en lui cédant Tartasse. La pièce commence à la
pointe du jour marqué pour l'abdication.

PRE'-

PRÉFACE

DU

TRADUCTEUR.

CE n'est qu'en tremblant que je donne aujourd'hui cette Traduction. Je sens trop combien elle s'éloigne des beautés de l'Original, pour ne pas craindre que son sçavant Auteur ne me reproche, avec justice, d'avoir défiguré son Ouvrage. Tout ce que je puis alléguer en ma faveur: c'est, qu'étant Hollandois, il m'a été impossible de saisir assez les finesses de la Langue Françoise, pour rendre avec toute l'énergie nécessaire les pensées concises & nerveuses de l'Original. Aussi n'ai-je entrepris cette Traduction que dans la vuë d'engager quelque plume, plus capable que la mienne, à travailler sur un sujet qui mérite d'être connu des Etrangers. C'est du Théâtre Hollandois que je veux parler; qui, à mon avis, en vaudroit du moins autant la peine que quelques-uns de ceux qu'on a déja traduits en François.

J'ai choisi la Tragédie d'AGON, de Monsieur Onno Zwier van Haren, parce qu'elle ne s'écarte en aucune façon des unités réquises, & qu'elle est dépourvuë de ces disparates & trop grandes métaphores que nos pièces ont la plupart de commun avec celles du Théâtre Anglois: ce qui m'a épargné tout changement à faire. En cas donc que cette Traduction ne soit pas goutée, qu'on n'en impute la faute qu'à ma foiblesse, & non à l'Original. Peut-être me dira-t-on, qu'il valloit autant n'avoir rien fait, que d'avoir mal fait. On aura raison, mais:

Quod potui feci; faciant meliora potentes.

ACTEURS.

AGON, *Sultan de Bantam.*

ABDUL, *Fils ainé.* } *d'Agon.*
HASSAN, *Fils cadet.* }

FATIME, *Princeſſe de Macaſſar & de Boni.*

SINAN, *Capitaine des Gardes d'Agon.*

NADINE, *Confidente de Fatime.*

JEAN LUCAS DE STEENWYCK, *Renégat Hollandois,*
 Confident d'Abdul.

SAINT MARTIN, *Général des Hollandois & Chef ſuprê-*
 me du Conſeil des Indes.

IBRAHIM, *Iman ou Grand-Prêtre de la Moſquée Royale*
 de Bantam.

SADI, *Officier de Java.*

GRANDS, *de Java.*

La Scéne ſe paſſe dans le Palais des Rois de Bantam
dans l'iſle de Java, à douze lieus à l'Oueſt de Ba-
tavia.

AGON

AGON, SULTAN
DE
BANTAM,
TRAGÉDIE.

ACTE PREMIER.

SCENE PREMIERE.

AGON.

JE vais jouir enfin des douceurs de la paix !
Mes jours dans le repos vont couler déformais !
Les foins, les embarras, les noirs foucis du Trône,
Et ces vaines grandeurs que la crainte empoifonne
Vont céder à l'efpoir dont fe flatte mon cœur.
Fortune, dont longtems j'éprouvai la rigueur,
Mon ame ne craint plus tes frivoles caprices,
Et je puis en ce jour braver tes injuftices.
Maître de l'Univers, qui naquit à ta voix,
Toi, qui par Mahomet nous as dicté tes loix,
O toi ! de qui je tiens & l'Empire & la vie,
Reçois les humbles vœux de mon ame attendrie !
Grand Dieu ! qui dans mon cœur dans tous les tems as lû
Le mépris des faux biens, l'amour pour la vertu :
Ecoute, ô Dieu puiffant ! écoute la prière
Qu'Agon t'ofe addreffer au bout de fa carrière ;
Confonds l'orgueil jaloux de fes fiers ennemis,
Et fais regner la paix dans le cœur de fes Fils !

A   SCENE

SCENE II.

AGON, SINAN.

SINAN.

SEIGNEUR, à tous les Grands de la Cour étonnée
J'ai fait fçavoir la loi du Confeil émanée.
Tous, felon vos defirs, viendront en ce Palais
Pour foufcrire en filence à vos triftes projets.
Quoique depuis longtems Bantan ait dû s'attendre
Au fort que par ma bouche il vient enfin d'apprendre,
Il n'en reffent pas moins de trop juftes douleurs;
Et ce moment fatal penètre tous les cœurs.

AGON.

Quelque grande, Sinan, que foit cette amertume,
Elle s'adoucira; du moins je le préfume.
Un vieux Roi difparoît & s'oublie aifément,
Quand un jeune Héros, tel qu'un aftre brillant,
Sçait fixer tous les yeux par fon noble courage.

SINAN.

Votre Peuple du moins attend pour dernier gage
De ces rares bontés que vous eutes pour lui,
Que vous lui donnerez un digne & ferme appui,
Qui, comme vous, Seigneur, père de la patrie,
Soit le fleau du vice & de la tyrannie.
Voilà ce qu'il attend de ces foins vigilans
Qu'il vous vit prodiguer aux Princes vos enfans.
Mais quelle, à cet égard, que foit fon efpérance,
Il aimeroit mieux vivre encor fous la puiffance
D'un Roi dont les vertus & les rares talens
Ne font point affoiblis par le nombre des ans;
En qui, malgré le poids de la fage vieilleffe,
On voit briller encor l'ardeur de la jeuneffe.

AGON.

Hélas! s'il connoiffoit le Trône & fes chagrins,
Ce Peuple applaudiroit bientôt à mes deffeins!

Tran-

Tranquille en fa maifon, où mon bras le protége ;
Il croit que je jouis du même privilége ;
Tandis qu'en mon Palais, entouré de foucis,
Au bonheur de fes jours je confacre mes nuits.

S I N A N.

Seigneur, s'il connoiffoit l'ennui qui vous dévore ,
Son amitié pour vous feroit plus grande encore.

A G O N.

Je fuis trop convaincu de ton intégrité
Pour ne point te parler en toute liberté.
Apprens donc le fujet de ma douleur mortelle ,
Et vois de mes deux fils la difcorde cruelle.
Tu fçais, Ami, tu fçais, qu'à mes travaux conftans
Cet Empire orageux doit fes fuccès brillans ;
Et tu n'ignores point que ma main y fit naître
La liberté, l'honneur, & la gloire peut-être :
Mais, malgré ma prudence & mes attentions,
Mes fils vont tout changer par leurs divifions.
Je vois depuis longtems la fiére Batavie
Fixer fes yeux jaloux fur ma chère patrie ;
Je la vois en fecret forger pour nous ces fers
Dont fon orgueil voudroit enchainer l'Univers.
L'ambitieux Batave attend l'heure fatale
Qui doit faire éclater la difcorde infernale
Qui regne entre mes fils; il attend que leur voix
Demande fon fecours pour leur donner des loix.
Et quoique l'Orient déja lui rende hommage,
Java flatte furtout fon fuperbe courage.
Ce froid Européen, par notre or arrêté,
Conferve ici fon flegme & fa duplicité :
Bien moins ardent que nous, fon cœur ferme & tranquille
Ne fuit point les tranfports d'une ardeur indocile ;
Mais fans-ceffe épiant nos triftes paffions,
Il fonde fa grandeur fur nos divifions.
Telle eft fa politique. Ainfi de ma patrie
Je veux fixer le fort en étouffant l'envie
Que je vois à regret divifer mes enfans.
Je prévois nos malheurs, & crains que nos Tyrans
Ne troublent quelque jour ma cendre à peine éteinte.
Je veux donc aujourd'hui diffiper cette crainte
Dont la feule penfée allarme mes efprits.

Je

Je crois, j'efpère au moins, que lorfqu'entre mes fils
J'aurai fçu partager mon Empire & ma gloire,
On verra les Chrétiens refpecter ma mémoire:
Voilà tous mes projets.

S I N A N.

Si vous craignez, Seigneur,
Le pouvoir du Batave & fon flegme impofteur:
Pourquoi donc divifer les forces de l'Empire?
D'où vient que par vos fils vous vous laiffez féduire?
Le Sçeptre de Tartaffe, entre vos mains échû
Pour prix de vos combats & de votre vertu,
Affermit votre Trône & fixe fa puiffance.
Honorez donc un fils de votre préférence,
Ou bien que tour à tour ils goûtent ce bonheur.

A G O N.

Non: ton premier projet eft contraire à mon cœur,
Et le fecond fatal à mes fils, à l'Empire.
Toujours ambitieux, toujours prêts à fe nuire,
Jamais le fier Abdul, ni l'intrépide Haffan
Ne pourront fe réfoudre à ne regner qu'un an.
Je connois trop d'Abdul l'ame fière & hautaine,
C'eft pourquoi de Bantan la grandeur Souveraine,
Les droits facrés du Trône, & les foins généreux
De rendre cet Etat & mes Sujets heureux
Lui font par mon Confeil deftinés en partage.
Tartaffe moins puiffant, mais fruit de mon courage,
Eft pour mon fecond fils. Je fçais que ce deftin
Suffit à fon grand cœur fi l'on y joint la main
Et les attraits touchans de la belle Fatime.
Son père, tu le fçais, malheureufe victime
De l'aveugle fortune & du Dieu des combats,
Vint chercher un azile au fein de mes Etats.
Mais tu n'es pas inftruit qu'à fon heure dernière,
Lorfque ma main fermoit fa mourante paupière,
Au Roi de Macaffar je promis, chez Sinan,
Que fon aimable fille, unie au brave Haffan,
Un jour feroit placée au Trône de Tartaffe,
Grace à la main du Ciel! la fortune furpaffe
Mes foins & mes defirs: puifque pour ces beaux nœuds
Aujourd'hui l'amour même a prévénu mes vœux.

Que

Que de leur union le bonheur puiſſe naître!
 Sinan, entre mes fils il faut choiſir un Maître:
Qui, d'Abdul ou d'Haſſan, doit jouir à ſon tour
De ta fidèlité? Nomme moi ſans détour
Qui de mes deux enfans ton amitié préfère.

SINAN.

 S'il eſt vrai qu'à vos yeux mon amitié ſoit chère?
Permettez donc, Seigneur, que par vous reténu
Sinan puiſſe admirer encor votre vertu;
Que je vous ſuive enfin, que ma vive tendreſſe
Vous prodigue toujours......

AGON.

 Non, Sinan. La vieilleſſe,
Succombant ſous le poids des ans & des travaux,
Seule à droit de prétendre aux douceurs du répos.
Cinquante ans de ſoucis, de dangers & d'allarmes
Ont à peine fixé le deſtin de mes armes.
Guerrier., Légiſlateur, au Conſeil, au Combat,
Ma main dans tous les tems fut utile à l'Etat,
Et des Européens balança la puiſſance.
J'ai vêcu, j'ai rempli mon ſort avec conſtance;
Et ce n'eſt qu'à ce prix, qu'au déclin de mes ans,
J'abandonne ces ſoins aux Princes mes enfans.
Pour toi, tu dois encor les beaux jours de ta vie
Au bonheur de mes fils, au Peuple, à la Patrie.
Remplis donc la carrière où le ſort t'a jetté,
Et mérite à ton tour de vivre en liberté.

SCENE III.

AGON, FATIME, NADINE.

AGON.

J'Euſſe été trop heureux, jeune & belle Fatime,
Si le ſort ſécondant l'amitié qui m'anime,
Ma main eut pû fixer la fortune à mon char,
Pour vaincre, & ſous vos loix remettre Macaſſar.

Mon=

Mon cœur s'étoit flatté que l'Inde assujettie,
Rougissant de se voir si longtems asservie,
Auroit brisé le joug du Batave orgueilleux;
Que de l'Asie enfin les Sultans généreux,
Ecoutant une ardeur qui jadis leur fut chère,
Auroient vengé Fatime, auroient vengé son père;
Et que trempant leurs mains dans le sang d'Occident
Ils auroient sçû tarir les pleurs de l'Orient,
Mais puisque, malgré moi, la fortune ennemie,
A trompé de mon cœur la plus flatteuse envie,
Recevez d'un Ami tout ce qu'il peut pour vous:
Le Trône de Tartasse & mon fils pour époux.
    Je me flatte, Madame, en vous nommant ma fill
De remplir vos desirs & ceux de ma famille?

F A T I M E.

    Seigneur, lorsque le fort, fatal à tous les miens,
Fit tomber Macassar au pouvoir des Chrétiens;
Lorsque Samboupo vit le sang de mes ancêtres
Rougir le fer cruel de nos injustes maîtres;
Et que ces Ravisseurs, dignes de l'Occident,
Usurperent les droits du brave Musulman:
Il restoit à mon père & sa fille, & sa gloire.
Je le suivis ici. Vous seul à sa mémoire
Daignates rendre hommage; & vous seul, en effet,
Libre dans l'Orient & né pour le bienfait,
Pouviez au malheureux offrir un saint azile;
Tandis que de nos Rois la valeur inutile
Dût céder au pouvoir d'un Conseil de Marchands.
Mon père, à votre Cour passant ses derniers ans,
Eut goûté le bonheur, si son ame attendrie
N'eut régretté sans cesse une épouse cherie.
Comblé de vos bienfaits, il mourut dans mes bras
En plaignant mon destin, son Peuple & ses Etats.
Pardonnez donc, Seigneur, pardonnez si ces larmes
Pour mon cœur accablé s'emblent avoir des charmes.
Je les dois aux malheurs d'un père vertueux,
A la reconnoissance, à vos soins généreux.
Je vous dois tout, Seigneur; & par un fort prospère,
Votre amitié pour moi de jour en jour plus chère
Veut me combler enfin de gloire & de bonheur,
En me liant à vous par un nœud si flatteur.

AGON

AGON.

Je fçais que vos vertus, égales à vos charmes,
Pour enflâmer les cœurs font de puiffantes armes;
Mon fils Haffan, Madame, en a fenti les coups,
Quel fera fon bonheur s'il eft aimé de vous?

FATIME.

Oui, votre fils m'eft cher; & ce noble partage
Me flatte d'autant plus que, plein de fon courage,
Mon cœur ofe efpérer que, vengeant mon affront,
Son bras vainqueur un jour placera fur mon front
D'un père infortuné la Couronne royale.
Oui, fa guerrière main, à l'Europe fatale,
Du Prophête facré plantera l'Etendart,
En dépit des Chrétiens, aux champs de Macaffar,
Et domptera l'orgueil de ces Tyrans perfides;
Si l'effain redoublé de leurs Soldats avides
Ne prévient le fuccès de fon bras valeureux.
Mais, fi vous abdiquez un pouvoir dangereux,
Qui pourra donc, Seigneur, foutenir fa jeuneffe?

AGON.

L'amour du bien public, la crainte & la fageffe
Ont dicté mes projets; mais furtout le bonheur
De mes fils, de Fatime a fçu régler mon cœur.
Trop heureux fi ma main, en étouffant l'envie,
Peut du Batave encor fufpendre la furie;
Si mes deux fils enfin, de leurs deftins contens,
Rendent plus que jamais leurs Etats floriffans:
Avant que les Moufons, au Batave propices,
Amenent vers Java fes flottans édifices.
L'intérêt de mes fils, & le votre, & le mien
Eft d'attendre l'inftant où le lâche Chrétien
En proïe à la moleffe, à l'amour, à l'envie,
Sent couler dans fon fein les langueurs de l'Afie;
Que fon cœur, enivré de funeftes plaifirs,
Eprouve l'afcendant de nos fougueux defirs.
Alors, Madame, alors écoutant la vengeance,
Nous pourrons dans fon fang laver notre imprudence.
Mais il faut avant tout jufqu'à ce tems heureux
Lui cacher avec foin nos deffeins courageux.

FATIME.

Après tant de malheurs, de foucis & de larmes,
Quoi! différer encor le fuccès de nos armes?
Quoi! ce Peuple odieux, Tyran de ces climats,
Doit poffeder encor mon Sçeptre & mes Etats?

AGON.

Ma tendreffe pour vous partage votre injure,
Et plus que vous, Madame, en fecret je murmure!
Mais cinquante ans de regne & de travaux conftans
M'ont appris l'art de feindre & tout le prix du tems.
Un Roi, s'il veut cueillir le fruit de fa vaillance,
Doit de fes ennemis connoître la puiffance;
Et ne point prodiguer le fang de fes Soldats,
En livrant par fierté d'inutiles combats.
    Ce pouvoir du Batave, à l'Inde fi funefte,
Que femble féconder la colère célefte,
Fut dans mes jeunes ans aux mains des Portugais,
Et Gama le premier, au nom d'un Dieu de paix,
Du pur fang de nos Rois fit rougir ce rivage.
Attiré par notre or des bords fleuris du Tage,
L'avide Portugais vit fes lâches neveux
Fuir le fer des vainqueurs ou ramper devant eux;
L'Inde, croyant venger l'honneur de fes ancêtres,
Plia fous d'autres loix, fe choifit d'autres maîtres;
Et Macaffar furtout, par fes foins imprudens,
Sçût fixer le pouvoir de fes nouveaux Tyrans.
Mais du Batave ici la grandeur paffagère
Devra céder un jour à la main étrangère
Que l'efpoir des tréfors conduira fur ces lieux.
Oui, je me promets tout & du tems & des Cieux!
Attendez donc, Madame; & que notre prudence
Sufpende quelque tems le fer de la vengeance:
Bientôt nous le verrons ces avides Chrétiens
Se difputer entr'eux notre or & nos faux biens:
L'immenfe éloignement de nos deux hémifphères
A leur cupidité met de foibles barrières.

SCENE

SCENE IV.

AGON, FATIME, NADINE. SINAN.

SINAN.

LEs deux Princes, Seigneur, par votre ordre appellés,
Semblent de vos defſeins également troublés.
Tous deux veulent envain cacher leur défiance;
On les voit l'un de l'autre éviter la préſence.

AGON.
(à Sinan.)   (à Fatime.)

Il ſuffit.... Tous les deux je vais les accorder,
Et remettre en leurs mains l'honneur de commander;
De l'indocile Abdul adoucir la rudeſſe,
Et dans le cœur d'Haſſan répandre l'allégreſſe
En lui parlant de vous.

SCENE V.

FATIME, NADINE.

FATIME

NAdine, quel bonheur,
Quel agréable eſpoir vient de flatter mon cœur!
Quoi! je puis écouter une flâme ſi chère?
Haſſan aura ma main! Agon ſera mon Père!
Agon, mon bienfaiteur, le ſeul, avec Haſſan,
Digne d'être honoré du nom de Muſulman,
Et le ſeul en ce jour que le Prophête anime!
Du Peuple & de l'Etat malheureuſe victime,
Reine aux yeux du public, vile eſclave en effet,
Sous de vaines grandeurs languiſſant en ſecret,

A 5   Epouſe

Epoufe fans defirs d'un époux infenfible,
Abandonnée au fort par un père inflexible,
Méprifant un Sultan qu'elle n'a pû charmer,
Qui la trahit fans-ceffe & la punit d'aimer:
Tel eft le trifte fort des Reines de l'Afie,
Dont mon cœur ne craint plus l'influence ennemie.

N A D I N E.

Je rends graces au Ciel! qu'après tant de malheurs
Il daigne enfin tarir la fource de vos pleurs,
Que le bandeau royal doive orner votre tête,
Et que de votre hymen la pompe ici s'apprête.
Ah! puiffe votre époux par fes exploits guerriers
Dans les champs de Boni moiffonner des lauriers
Et joindre Macaffar au Trône de Tartaffe!
Puiffe-t-il, le deftin s'écondant fon audace,
Du Batave à vos yeux confondre la fierté,
Et remettre à jamais Célébe en liberté!
Puiffe-t-il, en vengeant l'Ombre de votre mère,
Arracher de fes mains la foudre meurtrière
Si fatale à la Reine; & de ce feu pervers,
Accablé de remords, le plonger aux enfers!
    Mais pardonnez, Madame, à mon ame indignée
De parler de vengeance en un jour d'hyménée.

F A T I M E.

La vengeance, Nadine, eft bien douce à mon cœur;
Il aime avec tranfport, il hait avec fureur;
Et, par un fort heureux, mon union prochaine
Sert en un même jour mon amour & ma haine.
Si j'eftime d'Haffan l'efprit & la valeur,
Si, dès ma tendre enfance, il captiva mon cœur;
J'adore en lui furtout cette haine conftante
Qu'il porte à nos Tyrans. Déja fa main vaillante
A puni, tu le fçais, ces fiers Tartaffiens
Q'uà la rébellion excitoient les Chrétiens.
L'Inde de mon Amant admire la victoire,
Java de fon bras feul attend toute fa gloire,
Et du Batave altier la fière ambition
Craint fa noble valeur & frémit à fon nom.

N A D I N E.

Mais, puifque le Sultan, aujourd'hui, par prudence,
Veut entre fes deux fils partager fa puiffance:

Eft-

Est-il sûr que d'Abdul l'orgueil capricieux
Entre son frère & vous approuvera ces nœuds?
Tous deux ils ont passé près de vous leur jeunesse,
Et, peut-être, tous deux ont la même tendresse.

F A T I M E.

Quoi! de l'amour Abdul connoîtroit la douceur?...
Non; l'ambition seule occupe tout son cœur.

N A D I N E.

Vos droits sur Macassar vous en font Souveraine,
Et du riche Boni vous devez être Reine;
Mais croyez vous qu'aux mains du Prince votre époux
Les Bataves verront, sans en être jaloux,
Passer, par votre hymen, cette double couronne?
Craignez que leur Conseil autrement n'en ordonne.

F A T I M E.

Si le Ciel aujourd'hui forme un lien si doux,
Conseil, Batave, Abdul, mon cœur vous brave tous.

Fin du premier Acte.

ACTE

ACTE SECOND.

SCENE PREMIERE.

FATIME, HASSAN.

FATIME.

Oui, Seigneur, je craignois que Fatime aujourd'hui
N'eut pû voir de Java le vengeur & l'appui;
Que du Héros de l'Inde admirant la victoire,
Seule je n'aurois pû rendre hommage à sa gloire.

HASSAN.

Mes premiers pas, Madame, en venant à la cour,
Auroient, sans doute été dirigés par l'amour;
Et, quoique tout couvert d'une noble poussière,
Fatime auroit reçû mes respects la première,
Si le devoir sacré de fils & de sujet
N'eut de quelques momens rétardé ce projet.
A mon Père, à mon Roi, mon cœur fut rendre hommage
En posant à ses piés les fruits de mon courage:
De Tartasse vaincu j'ai remis dans ses mains
Les Otages, les Cléfs, & les Chefs des Mutins.
De vous les offrir tous il m'a chargé, Madame.
Il veut que dès ce jour le Divan vous proclame
Sultane de Tartasse; & que mon foible bras,
Dirigé par vos soins, défende vos Etats.
J'accepte avec transport tout ce qu'Agon desire,
Si, par bonté, Fatime y daigne aussi souscrire,
Et me croit digne enfin d'obéir à sa voix.
Mon cœur, depuis longtems asservi sous vos loix,
Fera tout son bonheur de vous être fidèle.

FATIME.

Seigneur, vous le sçavez, la fortune cruelle
Ravit à mes Ayeux leur Sceptre & leur grandeur:
Il ne me reste donc qu'à vous offrir mon cœur.

Mais

Mais fi de Macaffar j'étois encor la Reine,
Ou fi l'Afie en moi voyoit fa Souveraine:
Malgré nos vains Sultans fur leur Trône engourdis,
Ma main de votre amour feroit le jufte prix:
Oui, vous feriez l'époux que choifiroit Fatime.
  Mais Haffan connoît-il cette ardeur qui l'anime?
Sçait-il que la vengeance, & la haine, & les pleurs
Sont les triftes liens qui vont unir nos cœurs?
Mon Trône renverfé, le Sceptre de mes pères
Que brifa le chrétien de fes mains fanguinaires:
Les murs de Macaffar, les remparts de Boni
En Proïe à la fureur du Batave ennemi:
Samboupo gémiffant fous fa cendre fumante,
Et l'Ombre d'une mère irritée & fanglante:
Un père détrôné, profcrit & fugitif,
Confiant fon deftin au gré d'un foible efquif
Et traînant avec lui fa fille malheureufe:
De Fatime voilà quelle eft la dot affreufe;
Seigneur, voilà le fort qu'il vous faut partager,
Et tels font les malheurs que vous devez venger!

HASSAN.

  Oui, je les vengerai. Je jure que ces armes
Puniront nos Tyrans, feront ceffer vos larmes.
Ma Seule crainte étoit qu'un Guerrier plus heureux
Pour mériter Fatime eut prévenu mes vœux.
Mais je vois à regret que l'impuiffante Afie,
Plus que jamais encor fous le joug affervie,
A vû tarir enfin le fang de fes Héros.
Hélas! pour l'Orient quels outrages nouveaux!
Lorfque Bantan verra les fuperbes Bataves
Nous forger dans fes murs de nouvelles entraves;
Qu'Abdul.....

FATIME.

  Quoi! dans ces murs?... Vous troublez mes efprits!
Abdul, le fils d'Agon, au Batave foumis!
Quoi! votre frère.....

HASSAN.

                Hélas! malgré votre furprife,
C'eft un de ces foupçons que la crainte autorife.

FATIME.

  ô Ciel!

                                    HAs-

HASSAN.

Depuis un tems rongé par les soucis,
Agon a résolu de céder à ses fils
Et de leur partager son Trône & sa puissance.
Abdul à ce décret s'est soumis en silence
Et semble, ainsi que moi, content de son destin.
Mais le souple Stenvic, par un secret chemin,
S'est jusques à deux fois sçu rendre à Batavie :
Stenvic qui, réniant ses Dieux & sa patrie,
Qui, dédaignant les loix, l'honneur, la liberté,
Est né pour la bassesse & l'infidélité :
Stenvic qui, méprisant l'orgueil de ces ancêtres,
Ne reconnoît qu'Abdul & l'intérêt pour maîtres :
En faveur de mon frère a, depuis peu de jours,
Du Batave en secret demandé le secours.
Je sçai que les Chrétiens, charmés de nos querelles,
Arment déja leur flotte & leurs mains criminelles ;
Que, secondant d'Abdul la haine & la fureur,
Ils tournent contre nous leur métal destructeur
Et qu'au premier signal leur foudre meurtrière......

FATIME.

Quoi ! de ce noir complot le Sultan votre père....

HASSAN.

La preuve en est encor trop foible pour Agon.
Héritier de son Sceptre, Héritier de son nom,
L'impérieux Abdul a, malgré sa rudesse,
De son cœur paternel captivé la tendresse.
Et soit que le Traité ne se fut pas conclu,
Ou bien que le Batave, avec lui convenu,
Ne doive s'annoncer que par le bruit des armes :
Le partage à ses yeux parut avoir des charmes,
Et les soins du Sultan s'embloient flatter son cœur.

Mais puisque l'or enfin, des Chrétiens le moteur,
Me permet de percer leur noire politique,
J'espère prévenir ce complot tyrannique.
Un Esclave affidé, comblé de mes bienfaits,
En secret de Stenvic doit sonder les projets,
Et m'instruire au plutôt pourquoi la Batavie
S'arme au sein de la paix qui regne dans l'Asie :
Trop heureux si je puis, dissipant leurs desseins,
Mériter votre cœur & calmer vos chagrins.

SCE-

SCENE II.

FATIME, HASSAN, NADINE.

NADINE.

SEigneur, un Inconnu vient ici de se rendre,
Dans la cour du Palais seul il veut vous attendre,
Et dit que vous devez en sçavoir les raisons.....

HASSAN.
(à Nadine.)   (à Fatime.)
Je vais l'entretenir. Si j'en crois mes soupçons,
Madame, ce sera cet Esclave fidèle,
Qui du Traité secret m'apporte la nouvelle.
Grace à nos vains trésors, je vais, par cet avis,
Faire voir au Sultan lequel de ses deux fils
A mérité le mieux son cœur & sa tendresse.

SCENE III.

FATIME.

O Ciel! de mon Amant dirige la sagesse,
Confonds du vain Abdul la superbe fierté,
Et punis le Chrétien de sa rapacité.
Que l'or, ce vil métal, qui fait couler nos larmes,
Soit notre seul soutien, dissipe nos allarmes.
Oui, que cet or si cher au Batave envieux
Fasse échouer ici ses complots odieux.
Mais non: que dis-je, hélas! quel indigne langage!
Quoi! d'Hassan à ce point avilir le courage?
Que Fatime plutôt, le suivant aux combats,
Subisse à ses côtés un glorieux trépas
En voyant triompher son Amant invincible!
Non, la mort à ce prix pour moi n'a rien d'horrible,
Et plutôt... mais qui vient?.. C'est Abdul, fort affreux!

SCE-

SCENE IV.

FATIME, ABDUL.

ABDUL.

DEja depuis longtems j'attends l'inſtant heureux
De vous rendre, Madame, un tribut légitime,
Et de vous déclarer le beau feu qui m'anime.
J'ofe donc en ce jour, plein d'un eſpoir flatteur,
Vous offrir & Bantan, & ma main, & mon cœur;
Et je m'eſtime heureux ſi ce foible partage
De votre injuſte fort peut adoucir l'outrage.
Vous le ſçavez, Madame, au ſortir du berceau,
L'amour de notre hymen alluma le flambeau,
Et mon cœur, de tous tems, fut touché de vos charmes.

FATIME.

Quand mon père, Seigneur, dût par le fort des armes
Abandonner Célébe, il me remit ici
Entre les mains d'Agon, qui ſeul fut mon appui,
Et de qui ſeul encor dépend ma deſtinée.
Mais ſachez que ma main ne peut être donnée
Qu'au mortel généreux qui m'oſera venger;
Que ce n'eſt qu'à ce prix. . . . .

ABDUL.

Non, je ne puis ſonger
Que Fatime, écoutant une vaine eſpérance,
Oſe encor du Batave irriter la vengeance
Et veuille s'attirer les foudres d'Occident.

FATIME

Le ſang de Macaſſar, ſi cher à l'Orient,
Ne peut dégénérer de ſa noble origine,
Non, rien ne peut fléchir l'ardeur qui me domine,
Rien ne peut arrêter mon trop juſte courroux;
Et je ne veux enfin pour ami, pour époux,
Que celui qui voudra ſéconder ma vengeance!

ABDUL

ABDUL.

Du Batave jamais je n'ai crains la puiſſance,
Et Fatime, en ce jour, à ma guerrière ardeur
Met un trop foible prix pour mériter ſon cœur.
Que ſa main daigne donc commander à mes armes
Quelques faits glorieux plus dignes de ſes charmes?

FATIME.

Eh bien! ſi vous voulez, Seigneur, me mériter?
Au nom du Saint Prophête oſez me proteſter,
Que, ſoutenant les droits de vos braves ancêtres,
Bantan n'aura jamais les Bataves pour maîtres:
Qu'écoutant de mon cœur & la haine & l'ennui,
Vous ſerez des Chrétiens l'éternel ennemi:
Qu'arrachant Macaſſar à leurs mains téméraires,
Vous me replacerez au Trône de mes pères:
Que le feu conſumant leurs ſuperbes cités
Éclairera par tout vos pas enſanglantés:
Qu'enfin je vous verrai punir leur arrogance,
Et dans leur ſang impur aſſouvir ma vengeance:
A ce prix de ma main vous pouvez ordonner,
Et de ce pas, Seigneur, je vais vous la donner
Sur les débris fumans de ma triſte patrie.
Oui, Fatime eſt à vous; & ſon ame ravie
Croit entendre déja nos avides Tyrans,
S'efforcer de fléchir, par leurs cris impuiſſans,
Du brave & fier Abdul la trop juſte colère!

ABDUL.

Si la paix de l'Aſie à Fatime étoit chère,
On la verroit choiſir quelques moyens plus doux.
Et ne point ſuivre ainſi les tranſports du courroux.
Ce ne ſeroit qu'envain, qu'armant ſes mains fidèles,
Bantan voudroit venger vos injuſtes quérelles:
Mais n'en eſpérez rien; puiſqu'à vos ennemis
Déja tout l'Orient eſt aujourd'hui ſoûmis;
Que l'Inde, accoutumée à porter ſes entraves,
Ne ſçait plus qu'obéir aux généreux Bataves.

Peut-être, ſe flattant d'obtenir votre cœur,
Haſſan épouſera votre injuſte fureur:
Il le peut; mais craignez ſa fougue téméraire.

B   FATIME.

FATIME.

Quelque soit le mortel que mon cœur vous préfère,
Aux projets du Batave il sçaura mettre un frein;
Et si j'ai pû descendre à vous offrir ma main,
C'est que j'ai sçû prévoir toute votre bassesse.

SCENE V.

ABDUL.

JE sçaurai vous punir, trop superbe Princesse,
D'écouter à ce point la vengeance & l'orgueil.
Dans peu vous vous plaindrez de cet indigne accueil,
Si le brave Stenvic a conclu l'alliance,
Et si la Batavie, écoutant ma vengeance,
Peut prévenir d'Agon le décret inoui.
Quoi donc, un père injuste après m'avoir ravi,
En dépit de nos loix, en faveur de mon frère,
La moitié de son sçeptre à mon cœur la plus chère;
Après avoir remis Tartasse aux mains d'Hassan,
Il joint encor Fatime à ce don éclatant?
Croit-il que Bantan seul suffise à mon courage,
Tandis qu'Hassan obtient tous mes droits en partage;
Et que ce fier Rival, enflé de sa grandeur,
Bientôt superbe & vain deviendra mon vainqueur;
Et joignant Macassar au Trône de Tartasse,
Voudra me voir plier au gré de son audace.
Non, plutôt mille fois ramper sous les Chrétiens,
Que de craindre l'orgueil & la haine des miens.
Mais quoi! j'ignore encor si, par un sort prospère,
Le Batave voudra séconder ma colère?
Du délai de Stenvic quelle est donc la raison?
Dois-je le soupçonner de quelque trahison?
Hélas! je crains d'avoir commis une imprudence
En mettant en ses mains le soin de ma vengeance.
Pour l'Europe, peut-être, il sera reparti?.....
Mais non, je l'apperçois.....

SCE-

SCENE VI.

ABDUL, STENVIC.

ABDUL.

QUoi! trop cruel Ami,
Laisser ainsi languir mon ame impatiente!

STENVIC.

Si j'ai tardé, Seigneur, au gré de votre attente,
Ne me soupçonnez pas d'oubli ni de lenteur.
Non, malgré tous mes soins, mon zèle & mon ardeur,
A vos desirs plutôt je n'ai pû satisfaire,
Ni du Conseil Chrétien fléchir l'humeur austère;
Et peut-être qu'encor, sans vos nouveaux bienfaits,
Le Batave au Traité n'eut consenti jamais.

ABDUL.

Eh bien?

STENVIC.

Tout est conclû. D'Hassan ni de Fatime
Ne craignez plus, Seigneur, que la main vous opprime.
Le Batave d'Hassan hait l'orgueil dangereux,
Autant qu'il est sensible à vos soins généreux.
Il craint en lui surtout cette guerrière audace
Depuis peu si fatale aux Mutins de Tartasse.

ABDUL.

Mais sçais tu bien, Ami, quel destin plein d'horreur
Vient d'augmenter encor ma jalouse fureur?
Sçais tu? que dans ce jour l'injuste Agon transfère
Le Trône de Tartasse & Fatime à mon frère.
Non, que mon cœur regrette ou Fatime, ou sa main;
Mais tu connois les droits liés à son destin.
Tu sçais que le Batave, approuvant l'alliance,
De nouvelles grandeurs flattoit mon espérance.

STENVIC.

Oui, Seigneur, on m'a dit, en entrant à la Cour,
Qu'Agon pour Abdiquer avoit fixé ce jour.
Mais la Flotte chrétienne a déja dès l'aurore
Croisé sur cette rive; & pourra même encore,
Si le vent du midi féconde son effort,
Avant la fin du jour arriver dans le port.

Le Batave, irrité du projet teméraire,
Doit troubler les deſſeins de votre injuſte père;
Et du Conſeil de l'Inde, aujourd'hui, le Conſul
Doit offrir à Fatime avec la main d'Abdul
Du fertile Boni le Sçeptre & la Couronne.
Saint Martin même ici doit venir en perſonne
Comme ſon Général & ſon Ambaſſadeur,
Pour ſoutenir vos droits & venger votre honneur.
Seigneur, voilà pour vous tout ce que j'ai pû faire.
Mais la flotte pouvant, par un deſtin contraire,
N'arriver que demain ; il vous faut retarder
L'heure où de votre ſort Agon doit décider.

A B D U L.

Tu peux compter, Stenvic, ſur ma réconnoiſſance,
Mais j'ai plus que jamais beſoin de ta prudence;
Tous les grands de Bantan déja ſont à la Cour,
Et dans peu le partage eſt conclû ſans retour.
Haſſan va poſſéder & Tartaſſe & Fatime,
Sans que je ſois vengé d'un Rival qui m'opprime.
Que dois-je faire, Ami?

S T E N V I C.

Diſſimuler, Seigneur ;
Au Sultan avec ſoin cacher votre cœur
Le ſecret important; de la flotte Chrétienne
Attendre encor un jour la vengeance certaine.

A B D U L.

Mais lorſque le Batave aura quitté Bantan,
J'aurai plus que jamais à rédouter Haſſan.

S T E N V I C.

Ne craignez plus, Seigneur, ſa haine ou ſa colère.
On doit laiſſer ici le Sçeptre à votre père:
Mais, pour que votre cœur n'ait rien à rédouter,
Le Batave Sçaura toujours vous aſſiſter.
Du vain nom de Sultan Agon peut ſe répaître,
Mais vous ſeul en effet ſerez ici le maître.

A B D U L.

Agon ſouffrira-t-il ces projets violens?

S T E N V I C.

La ruſe & le pouvoir ſont deux moyens puiſſans.

A B D U L.

Mais enfin ſi du Roi la fierté peu commune....

STE

STENVIC.

Qu'il n'impute qu'à lui pour lors son infortune...
Mais si ce foible objet peut vous troubler, Seigneur,
Pourquoi donc d'un Rival tant craindre la valeur ?
Si la haine d'Agon, l'orgueil de votre frère,
Si de Fatime enfin le fougueux caractère
Etoient dignes de vous, pourquoi donc aujourd'hui
Demander par ma voix le Chrétien pour appui ?
Qui veut regner, Seigneur, ne craint point le parjure,
Et doit fermer son ame aux cris de la nature ?
Saint Martin à Bantan va se faire un rempart
Où du Batave il doit arborer l'Etendart,
Et sa flotte contient les Guerriers nécessaires,
Pour réprimer d'Agon les efforts téméraires.
Vous connoissez, Seigneur, l'ambition d'Hassan ;
Vous sçavez qu'il méprise & les loix du Coran,
Et ces scrupules vains dont la voix importune
D'un vil Peuple retient l'ame foible & commune.
Craignez donc s'il arrive un jour qu'il soit instruit
De ces hardis projets, qu'il me cueille le fruit
De vos divisions ; & qu'enfin sa puissance
Ne vous fasse payer votre lâche indolence.
Pour moi je m'abandonne à sa juste fureur,
Et j'attends sans frémir le prix de cette ardeur
Que l'on me vit toujours pour mon illustre maitre.
Je me soumets au sort, le plus cruel peut-être ?
Mais je ne sçaurai point, par un triste revers,
Vous voir aux piés d'Hassan, ou mourir dans ses fers.

ABDUL.

Qu'ose tu dire, Ami ? Moi, dépendre d'un frère !
Moi, ramper à ses piés, & craindre sa colère !
Non : que l'Enfer plutôt engloutisse à l'instant
L'injuste Agon, mon frère, & moi-même, & Bantan !
Si l'on croit me priver des droits de ma naissance,
Je sçaurai me servir du fer de la vengeance.
Oui, Stenvic, tes discours ont dessilé mes jeux ;
Je vais mettre à profit tes soins officieux.
Viens, vengeons mon opprobre ; & que ta main vaillante
M'aide à punir d'Hassan l'audace pétulante :
L'ambition, la haine, & la nécessité,
Tout demande le sang d'un Rival détesté !

Fin du second Acte.

B 3

ACTE

ACTE TROISIEME.

SCENE PREMIERE.

AGON *affis fur un Trône élevé de trois ou quatre mar-*
ches. IBRAHIM *debout du côté gauche du Trone, tenant*
le Coran de fes deux mains contre la poitrine. SINAN
pareillement debout du côté droit du Trône. ABDUL *affis*
dans un fauteuil un peu devant Sinan. HASSAN *dans*
la même attitude du côté oppofé. Les GRANDS *de Java*
affis fur des gradins des deux côtés de la Scéne. On voit
au milieu de la Salle trois tables de front : fur chacune de
celles qui font les coins, il y a fur des couffins un Sçeptre
& une couronne ; & fur celle du milieu feulement un cous-
fin. Les Gardes font rangés derrière les Gradins & au
fond de la Salle.

AGON.

J'ai depuis cinquante ans gouverné cet Empire,
Et depuis cinquante ans, fi j'ofe ici le dire,
On m'a vû foutenir fa grandeur, fon éclat,
Et faire aux ennemis refpecter cet Etat.
Il eft tems d'abdiquer la puiffance fuprême ;
Il eft tems qu'aujourd'hui ce brillant Diadême
Orne le jeune front d'un Guerrier généreux,
Qui, par les mêmes foins, rende mon Peuple heureux.
Je fens qu'à chaque inftant l'Eternel me réclame,
Et l'Ange de la mort, prêt à trancher ma trame,
Sans-ceffe m'avertit de nommer un Sultan
Qui foit digne de moi, de vous, & de Bantan.
Mais, avant de quitter ce Trône & ma puiffance,
Avant que de jouir du fruit de ma prudence :
Je me dois à moi-même, à mon Peuple, à mes fils,
Le compte de mes jours que je leur ai promis.
Je veux y fatisfaire, & j'ai l'orgueil de croire
Qu'il ne fervira point à ternir ma mémoire.

Amis,

Amis, vous le fçavez: vos illuftres Ayeux
M'ont vû tromper l'efpoir d'un Tyran odieux:
Ils m'ont vû rélever le Trône de mes pères,
Arracher leurs Etats à des mains étrangères
Et fixer dans ces lieux l'augufte liberté.
Ces Peuples, languiffans dans la captivité,
Ont joui fous mes loix d'une grandeur nouvelle;
Et leur luftre aujourd'hui, par mes foins, par mon zèle,
S'étend depuis l'Empire où règne l'Ottoman
Jufqu'aux lieux où Ternate eft inftruit du Corán:
Tartaffe, pour Bantan jadis fi rédoutable,
Devant Bantan a dû plier fon front coupable:
Ce Sultan qui fe crut le maître de Java,
Recherche une amitié que jadis il brava:
Et ces Brigands du Nord, ces fuperbes Bataves,
Qui, libres, ont voulu nous donner des entraves,
Malgré leur flotte altière & leurs fiers bataillons,
Devant eux n'ont point vû baiffer mes pavillons.
Seul j'ai fçû de tous tems braver leur arrogance,
Et leur orgueil ici craint encor ma puiffance.
Bien plus: en depit d'eux, j'ai reçû dans mes bras
L'infortuné Siri chaffé de fes Etats:
Lorfque du fier *Speelman* la main victorieufe
A l'Europe foumit Célébe malheureufe;
Et malgré les tranfports de leur cœur irrité,
Ils ont dû refpecter mon hofpitalité.
    Ce bonheur, cette gloire, & cette indépendance,
Je les dois, mes Amis, à vous, à ma prudence;
Mais ils font avant tout les fruits de l'union
Qu'on a vû de tous tems regner dans ma maifon.
Et fi cette concorde, à l'Etat néceffaire,
Peut fubfifter toujours entre Abdul & fon frère,
Je me flatte qu'ici bientôt mes yeux mourans
Verront avec honneur commander mes enfans.
    Le Ciel qui m'a donné ces deux fils en partage,
M'a comblé par bonheur de ce double héritage.
Bantan, par droit d'aineffe, Abdul, revient à toi.
Haffan, tu dois donner à Tartaffe la loi.
Je n'y retiens pour moi qu'un hameau folitaire,
Où j'efpère que rien ne pourra me diftaire,

Où rien ne frappera mes sens appéfantis
Que l'éloge flatteur des vertus de mes fils.

Refpectable Ibrahim, au nom du Saint Prophête,
Implorez du Très-Haut l'affiftance fecrette;
Expofez à nos yeux ce livre de la loi,
L'efpoir du Vrai-croyant, des parjures l'effroi (a)

Vous, mes fils, approchez (b) : par cette loi fuprême
Jurez moi que toujours ce Peuple qui vous aime
Retrouvera dans vous un père, un bienfaiteur;
Que Dieu, que cette loi, gravés dans votre cœur,
Y maintiendront la paix, la vertu, la juftice;
Qu'on ne vous verra point, au gré d'un vain caprice,
Sacrifier l'Etat à votre ambition.
Me le promettez vous?

A B D U L.

Je le jure.

H A S S A N.

Moi, non.
Je defire, Seigneur, que vous gardiez l'Empire;
Mais, fi vous refufez à mes vœux de foufcrire,
Je demande qu'Abdul, la main fur le Coran,
A mon exemple avouë à l'augufte Divan:
„ Qu'il ne mérite point le Sceptre de fon Père,
„ Si jamais par fes foins un indigne Traité
„ Eft funefte à l'Empire, eft funefte à fon frère;
„ Si le Batave un jour, par fon ordre excité,
„ Ofe exercer ici fa tyrannie altière,
„ Et ravir à Bantan fes droits, fa liberté."
Que dites vous, Abdul ? ofez vous le promettre.

A B D U L.

Qui, moi!... je veux... en tout... au Sultan me fou-
mettre.

A G O N.

Tu te troubles, Abdul, & tu parois faifi!
Haffan, de quel Traité veux tu parler ici?...
Abdul, explique toi! Crains qu'un plus long filence
A la fin n'autorife un foupçon qui t'offenfe.

A B•

(a) Ici l'Iman pofe le Coran fur la table du milieu, & l'ou-
vre.
(b) Les deux Princes fe levent & vont l'un & l'autre vers la
table qui fe trouve de leur côté.

ABDUL.

Oui, je dois l'avouër, cette indigne noirceur
M'a troublé, malgré moi, pour un inftant, Seigneur.
Quoique fouvent déja, par bonté, par foibleffe,
J'aie excufé d'Haffan la perfide baffeffe :
Je ne m'attendois pas que fa haine eut jamais
Pû porter fa fureur à de pareils forfaits !
Mais j'efpère qu'un jour le Ciel fera connoître
Lequel eft de nous deux l'impofteur & le traître.

AGON.

Parle à ton tour, Haffan ; mais fi la vérité
Ne regne en ton difcours, crains. . . . .

HASSAN.

       Voici le Traité.
Il vous inftruira mieux de cet affreux miftère,
Et qui de vos deux fils cherche à trahir fon père.
La flotte du Chrétien déja vogue ici près,
Et dans peu doit couler le dernier fang Malais !

ABDUL, *à part.*

O Ciel ! quel coup affreux !

AGON.

       O crime ! ô perfidie !
Il n'eft donc plus pour moi de bonheur dans la vie !
Fils ingrat & barbare !

ABDUL.

       Eh bien ! ai-je donc tort
De vouloir éviter l'efclavage ou la mort ?
Quoi ! mon frère obtiendroit & Tartaffe & Fatime,
Et d'un injufte choix je ferois la victime,
Sans que ma main ofât venger un tel mépris !
Non, je veux. . . (*Il veut tirer fon poignard.*)

SINAN, *le prévenant, lui tient fon poignard fur le cœur. Les Grands fe levent tous, tirent leurs poignards, & fixent Agon. Sinan, la main à fes armes, refte immobile.*

Arrêtez !

AGON, (*avec tranfport.*)

     Sinan, il eft mon fils !

(à Abdul.)   (aux Gardes.)
Rends toi, cruel. Allez en prifon le conduire.
(Aux Grands.)
Ce crime affreux changeant le deftin de l'Empire,
Amis, raffemblez vous pour défendre l'Etat,
Et que tout s'arme ici pour me fuivre au combat.

SCENE II.

AGON, HASSAN.

HASSAN.

QUoiqu'on ne parle point dans cet écrit funefte
De fon indigne auteur: la preuve eft manifefte
Que le traître Stenvic eft le feul dans ces lieux
Qui puiffe revéler ce complot odieux.

AGON.

Quel rayon d'efpérance, ô Ciel! vient de me luire.
Quoi! Stenvic feul, dis-tu, de tout pourra m'inftruire?
Oui, je le prévoyois, ce fouple Renégat
Aura pouffé mon fils à ce lâche attentat.
Il aura fçu tromper fa jeuneffe imprudente
Par l'efpoir des grandeurs & d'une vaine attente.
Je connois trop Abdul: non, fon cœur généreux
Jamais n'eut commis feul ce fratricide affreux.
Haffan, que ta valeur féconde ma colère;
Sois le foutien du Trône & l'appui de ton père.
Une feconde fois cours, arme toi, mon fils;
Va punir le Batave & fauver ton païs,
En fuivant de ton cœur l'ardeur accoûtumée.

HASSAN.

Je vous obéïrai, Seigneur. Toute l'armée
Depuis longtems afpire après l'heureux moment
De combattre de près ce Chrétien infolent
Que nous avons vû fuir devant nous à Tartaffe.
Mais le Batave, inftruit du fort qui le ménace,
N'ofera plus, Seigneur, enfreindre le Traité.

AGON.

A G O N.

Tu te trompes, mon fils; fa baſſe avidité
Voudra cueillir le fruit que promet cette guerre.
De fa fourbe nouvelle il attend le ſalaire,
Et fe flatte déja de nous ravir nos biens.

H A S S A N.

Du Trône de Bantan les illuſtres ſoutiens
Sçauront bien réprimer fa ſuperbe inſolence.
Mais ſi vous ſoupçonnez qu’aujourd’hui leur vaillance
Ne puiſſe pas ſuffire à défendre vos droits:
Employons le ſécours des Anglois, des Danois.
Ces Peuples, on le ſçait, tous Chrétiens & barbares,
Sont tous ambitieux, tous jaloux, tous avares.
Flattons pour un moment leur avide fureur
Du butin de la flotte & des droits du vainqueur;
Et nous pourrons après, ſi vous voulez m’en croire,
Leur diſputer, Seigneur, le prix de la victoire.

A G O N.

Leur alliance n’eſt d’aucun prix à mes yeux,
Et je mépriſe trop leurs bienfaits odieux:
Oui, je redoute, Haſſan, leur politique affreuſe.
Leur amitié toujours eſt perfide & trompeuſe,
Un intérêt ſordide en eſt le vrai lien;
Et l’Or eſt en effet le ſeul Dieu du Chrétien.
Dédaignons leur ſécours; & que notre courage
Triomphe ſeul ici: voilà notre partage.
Il eſt digne de nous; & nos braves Guerriers
Vont s’illuſtrer encor par de nouveaux lauriers.
Va donc, prépare nous le champ de la victoire,
Et dans peu je te ſuis pour partager ta gloire.

S C E.

SCENE III.

AGON.

JE te rend grace, ô Ciel! de me laiſſer un fils
Qui puiſſe me venger de mes fiers ennemis,
Et qui ſoit digne encor de toute ma tendreſſe!
Mais ne puis-je d'Abdul excuſer la foibleſſe?
Il eſt jeune, il eſt vif, & ſon cœur innocent
Se ſera laiſſé pendre au diſcours ſéduiſant
De l'indigne Stenvic, ce Renégat infâme,
Qui par l'Ambition a corrompû ſon ame,
Et des mœurs de l'Europe y verſant les poiſons
A ſçu contre ſon frère aigrir ſes paſſions.
Oui, mon fils, c'eſt Stenvic, c'eſt lui ſeul qui te guide,
C'eſt lui qui t'inſpira ce cruel fratricide.
Je ſçaurai te venger de ce perfide ami....
Garde, avertis Sinan que je l'attends ici....
Barbare Européen, ton ſupplice s'apprête!
Ma vengeance bientôt va tomber ſur ta tête,
Et je vais t'immoler au bonheur de Bantan,
Au repos de mes jours.....

SCENE IV.

AGON; SINAN.

AGON.

COurs, généreux Sinan,
Va ſaiſir ce Chrétien dont la fourbe maudite
S'eſt voilée à nos yeux ſous un maſque hypocrite.
Cours arrêter Stenvic à la mort condamné;
Et qu'Abdul à l'inſtant ici ſoit amené.

SCE-

SCENE V.

A G O N.

QUels momens douloureux pour ma triste vieillesse!
Quel mélange effrayant d'horreur & de tendresse!
O Dieu! soutenez moi! Qu'à vos décrets soumis,
Mon cœur puisse être juste en condamnant mon fils;
Ou rendez le plutôt à sa vertu première.

SCENE VI.

AGON, ABDUL, *Gardes au fond du Théâtre.*

A G O N.

MAlgré ton crime affreux tu vois encor un père.
Je dois être ton juge, & je suis ton ami.
Réponds moi, fils ingrat! tu m'avois donc trahi?
Seul libre en Orient, tu veux te rendre esclave,
Et livrer ta patrie & ton père au Batave!
Parle, quel est ton but, & quel fut ton dessein
En t'osant allier à ce Peuple inhumain?
Réponds moi, si tu peux, ou crains que ma colère....

A B D U L.

Soit que je trouve en vous ou mon juge, ou mon père,
Je ne crains point ici de vous parler, Seigneur.
Je connois trop d'Agon la tendresse & le cœur,
Pour redouter jamais, innocent ou coupable,
Que sa main paternelle injustement m'accable
Sans vouloir écouter un fils qui le chérit!
A moins que dans son cœur Hassan ne m'ait détruit,
Et n'ait sçû lui cacher la douleur que m'inspire....

AGON.

A G O N.

Vains difcours,.... On t'accufe & de trahir l'Empire,
Et d'avoir appellé le Batave en ces lieux.
Si tu peux, lave toi de ce crime odieux;
Mon cœur fera charmé de voir ton innocence.
Parle.

A B D U L.

Malgré mes foins & mon obéiffance,
De mon père jamais je ne gagnai le cœur;
Mon frère m'a toujours ravi cette faveur.

A G O N.

Ingrat! depuis l'inftant que tu vis la lumière;
Depuis le même jour que ton roi, que ton père
Te reçut dans fes bras comme un préfent du Ciel:
On l'a vû te preffer fur fon fein paternel!
On l'a vû prodiguer fes foins & fa tendreffe
A toi, qui dèshonore aujourd'hui fa vieilleffe!
Le Dieu de Mahomet m'eft témoin en ce jour
Si je mérite, Abdul, ta haine ou ton amour.
Lui feul fçait à quel point le bonheur de ta vie
Fut fans-ceffe l'objet de ma plus chère envie.
J'ai tout fait, j'ai tout dit, (il eft vrai je l'ai dû)
Pour t'infpirer l'honneur, la gloire, & la vertu.
J'ai fait plus: me flattant que ta fombre rudeffe
Dont s'offenfa ma Cour dès ta tendre jeuneffe,
Se feroit laiffé vaincre aux confeils de l'Iman:
J'ai, malgré la fageffe & la candeur d'Haffan,
Voulu te préférer; & mon ame enivrée
N'a pû croire qu'enfin ta main dénaturée
Plongeroit aujourd'hui le poignard dans mon fein.
L'Iman, toute la cour, ton frère même, en vain,
M'ont voulu dévoiler ton audace cruelle;
Et tu viens accufer ma bonté paternelle
Lorfque tu me trahis, & que mon cœur, hélas!
Ofe douter encor de tes vils attentats!
Eft-ce là, fils cruel! le prix de ma conftance
A prévenir tes goûts, à former ton enfance?
Seroit-ce là le fruit de mes foins imprudens
A te faire acquérir tous ces divers talens,
Tous ces arts dangereux, ces efforts du génie,
Dont l'ame, en s'éclairant, eft fouvent pervertie.

Sten-

Stenvic, à qui j'avois confié cet honneur,
Des crimes de l'Europe aura nourri ton cœur;
Tu te feras inftruit, par fon confeil perfide,
A vaincre le remords qui fuit le parricide !

A B D U L.

Je me flattois, Seigneur, que mes juftes raifons
Auroient pû diffiper ces indignes foupçons:
Mais mon cœur, pénétré des bontés de mon père,
A ce trifte devoir ne fçauroit fatisfaire.
Je remets donc ici mon fort entre vos mains ;
Trop malheureux déja de caufer vos chagrins.
Mais j'ofe en attefter notre divin Prophête,
Que c'eft votre cœur feul que mon ame regrette.
La plus cruelle mort ne fçauroit m'attrifter,
Si je ponvois du moins en mourant me flatter
D'emporter vos regrets; fi mes vives allarmes
A vos yeux attendris arrachoient quelques larmes !

S C E N E VII.

AGON, ABDUL, SINAN.

S I N A N.

Une flotte Batave arrivée ici près,
Vient de caler la voile & ranger fês agrêts.
Soit qu'elle en vueille à nous, foit à quelqu'autre rive,
Il eft certain, Seigneur, que cette flotte active,
Par fes drapeaux volans, le bruit de fes tambours,
Semble annoncer l'orage & menacer nos jours.
Une barque déja vient de conduire à terre
Deux de fes Chefs fuivis d'une troupe guerrière,
Et l'efquis en partant à, malgré mon effort,
Sçu m'enléver Stenvic, qu'il conduit à fon bord.

A G O N.

Stenvic ?

A B D U L, à part.

Je fuis fauvé !

SINAN.

S I N A N.

Caché près du rivage,
Le traître de ce trouble a saisi l'avantage,
Et s'est enfin souftrait à votre bras vengeur.
Un de ces Officiers vous demande, Seigneur,
Un entretien secret fur un objet qui presse;
Et veut, dit-il, aussi parler à la Princesse.

A G O N.

Dis lui qu'à cet honneur aujourd'hui je l'admets;
Conduis le chez Fatime, où je te suis de près.

S C E N E VIII.

A G O N, A B D U L.

A G O N.

Fils cruel! vois le coup que ta main me prépare.
Grand Dieu!

A B D U L.

Ma main, Seigneur? Quel réproche barbare!
J'espérois que Stenvic, contraint par les tourmens,
Auroit justifié mes secrets sentimens.
Il est vrai, par mon ordre il fut chez le Batave;
Mais je ne réponds point des desseins d'un Esclave
Qui m'a trompé, sans doute, & qui vous a trahi.
Je craignois seulement qu'Hassan, enorgueilli
Par son nouveau triomphe, & fier de son audace,
Ne réunit un jour mes Etats à Tartasse.
Voilà ce qui m'a fait rechercher un secours
Dont l'indiscrétion est fatale à mes jours.
Mais d'où vient qu'à vos coups Stenvic s'est pu sous-
traire?
Lui seul pouvoit, Seigneur, dévoiler ce mistère,
Et pouvoit faire voir que ce secret Traité
N'est qu'un mensonge adroit par Hassan inventé.
Il forge une alliance... Eh bien! l'ai-je signée?

Pour-

Pourquoi donc me bannir de votre ame indignée?
Je le confesse, Hassan excita mon courroux,
Et ma vivacité peut mériter vos coups.
Mais quelle ame bien née, ou quel Prince en Asie
Auroit pû supporter une telle infâmie?
Quel mortel pût jamais s'entendre, sans effroi,
Accuser de trahir sa Patrie & son Roi?
J'ai manqué, je le sçais, de respect à mon père:
Aussi je me soumets à sa juste colère,
Mais je me flatte encor que son cœur bienfaisant....

A G O N.

Je ne puis satisfaire aux loix en ce moment;
Mais débrouillant bientôt un doute qui m'accable,
Je serai ton vengeur, ou ton juge implacable.
Gardes, ce Prisonnier à vos soins est commis;
Mais, malgré son arrêt, songez qu'il est mon fils (*).

(*) Ici un des Gardes rend les armes à Abdul, qu'on lui a-
voit ôté comme criminel d'Etat, suivant l'étiquette Malaïe.

SCENE IX.

ABDUL.

JE me suis donc tiré de ce péril extrême!
Et je pourrai, peut-être, avant cette nuit même,
Me venger d'un Rival qui causoit mes malheurs,
Et m'abreuver enfin de son sang, de ses pleurs!
Je t'invoque, ô vengeance! à mon ame si chère,
Etouffe la Nature, & soutiens ma colère!

Fin du troisième Acte.

C   ACTE

ACTE QUATRIEME.

SCENE PREMIERE.

AGON, FATIME, HASSAN.

AGON.

MAdame, diffipez une crainte inutile,
Et n'apprehendez point de perdre votre azile,
Ni qu'Agon abandonne un dépot précieux
Qu'un Père en expirant lui remit dans ces lieux.
Calmez furtout, calmez ce fuperbe courage
Dont l'ardeur peut vous nuire, & dont l'excès m'outrage.
Je fçaurai vous défendre, & veux vous confoler;
Mais apprennez qu'aux Rois l'art de diffimuler,
Quoique vil en effet, eft par fois néceffaire,
Et leur fert fouvent plus qu'une ardeur reméraire.

FATIME.

Quoique mon courroux foit à fon plus haut degré,
Seigneur, je me foumets à votre ordre facré.
Mais malheur à ce Peuple infolent & perfide
Qui vient aigrir encor la douleur qui me guide....
Le rebut de l'Europe ofer dicter des loix?
A l'Epoufe d'Haffan, à la fille des Rois!

AGON.

Vous êtes libre encor ; & vous fçavez, Madame,
Que, quelque foit l'auteur de cette indigne trame,
Le projet du Batave eft pour nous inconnu;
Qu'il ne m'a point fommé, moins encore vaincu.

HASSAN.

J'efpère que leur Chef aura trop de prudence
Pour vouloir de Bantan défier la puiffance,
Ou pour ofer, Madame, attenter en ces jours....

AGON.

AGON.

Il ne faut point ici fe borner aux difcours:
Quelque foit mon pouvoir, quelque foit ton courage,
Mon fils, dans ce moment le parti le plus fage
Eft de diffimuler, eft de bannir l'orgueil.
L'amour-propre des Rois eft fouvent un écueil
Où l'on voit échouër le vaiffeau de l'Empire!
J'ai vû le fier Batave, occupé de nous nuire,
Tour à tour attaquer les plus puiffans Etats;
Et j'ai vû que toujours le deftin des combats,
Malgré fa flotte altière & fa foudre enflâmée,
A dépendu du Chef qui commandoit l'armée.
S'il n'eut donc contre nous armé que ces Guerriers
Dont la honte à Formofe a terni fes lauriers;
Si Saint Martin ici ne fut venu lui-même,
On ne me verroit point cette prudence extrême.
Mais je connois ce Chef, & fçais qu'à la valeur
Il joint ce grand fang froid néceffaire au vainqueur.
Non, que je craigne encor fa fatale puiffance,
Mais fon grand nom exige au moins la défiance.
   Il defire aujourd'hui nous parler à tous deux:
C'eft à vous de fonder fon cœur ambitieux,
Madame, c'eft à vous de lui faire connoître
Que libre dans ma Cour vous y vivez fans maître,
Et que perfonne ici ne vous prefcrit la loi.
En fuite, s'il le veut, qu'il s'explique avec moi;
Je pourrai près de vous lui donner audience.
Toi, mon fils, quelque foit un projet qui t'offenfe,
Raffemble fous nos murs tous nos Guerriers épars,
Et que leurs bataillons entourent nos remparts.

S C E N E II.

F A T I M E.

QUelque foit le deftin que le fort me prépare,
Je ne redoute plus la fortune barbare!

Mon père a vû périr par le fer des Chrétiens
Une Epouse adorée, & son Trône, & les siens!
Et moi, de ses malheurs triste & foible héritière,
J'ai perdu dans ces murs mon espoir & mon père!
Et le Batave encor, pour combler mon courroux,
Pour agraver mes maux, m'offre Abdul pour époux!
Abdul, ce fils ingrat! la honte de l'Asie!
L'opprobre de Bantan!... Ah, fortune ennemie!
Si tu peux contre moi déployer ta fureur,
Ne compte pas pouvoir disposer de mon cœur!

S C E N E III.

FATIME, SAINT MARTIN.

Saint Martin.

JE ne m'étonne plus, adorable Fatime,
Qu'on rende à vos attraits un tribut légitime,
Puisque l'on voit en vous le plus bel ornement
Qui jamais ait paru dans les Cours d'Orient.
La Batavie aspire à combler votre gloire,
Madame, en couronnant des mains de la victoire
Ce front noble & modeste où siége la candeur:
Elle veut pour toujours bannir de votre cœur
L'odieux souvenir de nos tristes querelles;
Et je viens pour donner des preuves solemnelles
De son zèle pour vous; je dois enfin sécher
Les larmes que sa gloire a pu vous arracher.

F A T I M E.

Le nom de Saint Martin & sa sage prudence
Ne sont pas moins connus que sa haute vaillance;
Et si l'espoir encor pouvoit flatter mon cœur,
J'attendrois tout des soins d'un tel Ambassadeur:
Non, l'Europe jamais, pour fléchir ma colère,
N'eut pu choisir un Chef qui sçut moins me déplaire.
Mais, après mes malheurs, comment puis-je jamais
Pardonner au Batave, ou souscrire à la paix?

De

De quel bandeau royal veut-il ceindre ma tête?
Après m'avoir ravi par sa triste conquête,
La fertile Célébe; après que sa fureur
M'enleva dans un jour mon Trône & ma grandeur.
Seigneur, quel est enfin le projet de vos maîtres?

SAINT MARTIN.

Si la belle Fatime, ainsi que ses ancêtres,
A Célébe aujourd'hui pouvoit donner des loix;
Si sa main possédoit ce pouvoir qu'autrefois
L'Inde vit exercer à son illustre Père;
Où si quelque Sultan, épousant sa colère,
Arboroit l'étendart de la rébellion,
Et pouvoit lui former la moindre faction:
Elle pourroit alors avec raison prétendre
Un compte plus exact que je ne dois lui rendre.
Mais puisqu'un sort heureux, déja depuis seize ans,
A fait passer Célébe aux Chrétiens triomphans;
Et puisque l'Inde enfin n'a pour loix, n'a pour maître,
Que ceux que le Batave y veut bien réconnoître;
Je crois que la prudence aujourd'hui lui suffit
Pour choisir le parti que sa gloire prescrit.
  Le Batave touché, Madame, que vos charmes
Sans-cesse soient en proïe à de tristes allarmes,
Veut calmer vos chagrins, & vous donne en ce jour
Le Trône de Boni: mais il faut sans retour
Renoncer à des droits qui vous sont inutiles.
Et puisque nos Guerriers, triomphans & tranquilles,
N'ont plus à rédouter votre effort impuissant,
Je crois que vous devez regarder ce présent
Comme un gage certain de la secrette estime
Qu'inspirent à nos cœurs les vertus de Fatime.
Mais comme ces climats ne vous sont pas connus,
Que votre Peuple même ignore vos vertus,
Le Batave vous offre un plus digne partage:
Il veut que vos attraits brillent sur ce rivage;
Il veut vous rendre heureuse; & la gloire sera
De vous voir préférer le séjour de Java
A ce Peuple mutin, à ces païs barbares.

FATIME.

Quoique ces vains diſcours me paroiſſent bizares,
Je voudrois bien ſçavoir à quel Roi les Chrétiens
Veulent ravir pour moi ſa Couronne & ſes biens?
De quel Etat par eux la perte enfin ſe trame?

SAINT MARTIN.

Nous n'uſurpons jamais. Mais apprenez Madame,
Que la gloire de l'Inde eſt remiſe en nos mains,
Que nous devons fixer pour jamais ſes deſtins,
Et que lorſqu'il nous plaît nous donnons des Couronnes.
Et puiſqu'Agon enfin abdique ſes deux Trônes,
Nous avons trouvé bon de nommer pour Sultan,
Abdul, dont les vertus illuſtrent l'Orient.
Il eſt digne de vous. Et le Batave eſpère
Qu'un tel époux ſçaura de votre humeur ſevère
Fléchir l'auſtèrité; que cet hymen heureux
Réparera les torts d'un ſort trop rigoureux.

FATIME.

Lorſque ſeize ans paſſé, par un deſtin injuſte,
Je dûs ſuivre mon Père à cette Cour auguſte:
J'appris dès ma jeuneſſe à reſpecter ſon Roi.
Lui ſeul peut diſpoſer de ma main, de ma foi.
Mais jamais l'intérêt ne ſerrera mes chaînes.
Je laiſſe cet opprobre à vos femmes Chrétiennes.
Je cherche dans l'hymen le bonheur le plus doux,
Et ce bonheur ſera la vertu d'un époux.
D'un ſort trop inconſtant ſi je fus la victime,
C'eſt au ſort à rougir & non pas à Fatime!
Mais je ne croyois pas que jamais Saint Martin
Eut pû me reprocher mon malheureux deſtin;
Que d'avides Marchands euſſent oſé prétendre
Qu'aujourd'hui de leur choix ma main devoit dépendre;
Et qu'enfin leur orgueil voudroit dicter des loix
Au généreux Agon, au plus digne des Rois.
Ils n'ont crû voir ici que des lâches eſclaves,
Mais l'Inde compte encor des Rois libres & braves
Qui ſçauront me venger.

SAINT MARTIN.

Il m'eſt très douloureux
D'apprendre que l'on croit que mes ſoins généreux,

Que

Que mes fages confeils ne font que des outrages,
Et que Fatime enfin dédaigne mes hommages.
Mais ceux que, par mépris, elle appelle Marchands,
Fondent toute leur gloire & leurs deftins brillans
Sur ce nom ; & leur bras, utile à la Patrie,
A vaincu l'Amérique & fubjugé l'Afie :
Le Sultan de Cochim, qu'ont foumis nos exploits,
A ces mêmes Marchands doit fon Sçeptre & fes droits :
La fertile Ceylan, du Portugais l'efclave,
Sur les murs de Candi vit l'Etendart Batave,
Et quant à la valeur de vos braves Guerriers,
L'Inde peut aujourd'hui la voir dans nos lauriers.

FATIME.

Le fort des Nations dépend de la fortune ;
Leurs chûtes ont fouvent une caufe commune :
Tour à tour le jouët d'un aveugle deftin,
Telle brille aujourd'hui qui s'éclipfe demain.
Mais l'Orient, Seigneur, jamais n'auroit pû croire
Qu'un Peuple libre & fier eut pû ternir fa gloire
Par la foif des tréfors ; & que le Japonnois
Lui verroit abjurer & profaner la Croix.

SAINT MARTIN.

Madame, je vois bien qu'il ne m'eft pas poffible
De diffiper l'erreur de votre ame inflexible.
J'efpère que bientôt le Batave, en ces murs,
Vous perfuadera par des moyens plus furs ;
Et l'amitié d'Agon préviendra, fans doute,
Les fuites des confeils que votre cœur écoute.

SCENE IV.

AGON, FATIME, SAINT MARTIN.

SAINT MARTIN.

UN Peuple triomphant, vainqueur de ces climats,
L'arbitre de l'Afie & l'appui des Etats ;

C 4

Qui,

Qui, guidé par l'honneur, conduit par la victoire,
Jouit de ſes hauts-faits dans le ſein de la gloire:
Vient d'apprendre, Seigneur, avec étonnement,
Qu'une vaine diſpute, un deſſein imprudent
Pourroit bien de Java troubler la paix publique,
Si l'on ne prévenoit ce complot chimérique.
Le Batave attentif à calmer les ſouçis,
Sçait abaiſſer l'orgueil & venger ſes amis:
Et quoiqu'il veuille en tout le bonheur de l'Aſie,
Java fixe ſurtout les yeux de ma Patrie.
Elle y veut maintenir la juſtice & la paix,
Et vous fait par ma bouche annoncer ſes decrets.
Elle a mis en mes mains ſon glaive & ſa balance,
Agon peut, s'il le veut, abdiquer ſa puiſſance,
Et le Trône par lui peut être abandonné,
Mais il doit reſpecter les droits d'un fils ainé.

A G O N.

Eſt-ce là tout, Seigneur, ce qu'on devoit m'apprendre?

SAINT MARTIN.

Je ne crois pas avoir ici de compte à rendre.
Je viens pour publier à la Cour de Bantan
La loi que le Batave impoſe à l'Orient;
Je viens pour annoncer ſa volonté ſuprème
A Fatime, à vos fils, & ſurtout à vous même.
Abdul eſt votre ainé; lui ſeul doit hériter
La Trône de Bantan que vous voulez quitter.
Lorsqu'à ce point, Seigneur, je vous verrai ſouſcrire,
Du reſte de mes ſoins je pourrai vous inſtruire.

A G O N.

Quel droit oſe alléguer le Batave en ce jour?
Pour me donner la loi dans le ſein de ma Cour,
Et pour vouloir ici m'impoſer cette honte.

SAINT MARTIN.

La victoire, Seigneur, qui jamais ne rend compte
Au Peuple ſubjugué qui tremble ſous ſes loix,
Et qui regle à ſon gré la fortune des Rois.
Quel Peuple en Orient, quelle Mer en Aſie
Ne vit pas chaque jour triompher ma Patrie?
Quel Sultan à ſa gloire a-t-on vû s'oppoſer
Par-tout où ſes Guerriers à peine ont pû percer:

Des

Des rives où l'aurore éclaire cet Empire,
Jusqu'aux bords de ces mers où le Soleil expire.
Coromandel, Ceylan, Malacca, Malabar,
La victoire vous a tous liés à son char.
O *Hemskerk* & *Van Goens*! de qui les mains vaillantes
Ont fçu nous conquérir trois Couronnes brillantes;
Houtman, Coen, Matelief, vous Héros immortels
Dont les nobles exploits méritent des autels,
Votre gloire dans l'Inde illuftra ma Patrie
En chargeant de fes fers les Sultans de l'Afie!
　Si ces haut-faits, Seigneur, ne vous fuffifent pas,
Vous y pouvez encor joindre d'autres Etats:
Leur bras victorieux des plus riches Provinces,
Subjugua tour à tour vos plus fuperbes Princes.
Macaffar, abattu fous ce bras triomphant,
Remit en leur pouvoir les clefs de l'Orient:
Banda, la riche Amboine & nombre d'autres Ifles
Durent à ces Héros céder leurs champs fertiles;
Et lorfque le Flamand domptoit le Bouginois,
Et de Ceram rangeoit les côtes fous nos loix:
Le brave *Van der Stel* d'une main bienfaifante
Défrichoit une terre aride & languiffante,
Voyoit germer la Vigne & faifoit la Moiffon
Où jadis habitoient le Tigre & le Lion.
Les monts affreux du Cap & fes forets terribles,
Changés par fon génie en des plaines paifibles,
Lui doivent leur bonheur & leur fertilité,
Et fi nous imitons fa noble activité,
J'efpère que dans peu l'on verra dans l'Afrique
Notre pouvoir s'étendre au delà du Tropique.
　Du Batave, Seigneur, voilà quels font les droits.

A G O N.

　Admirer des Héros & vanter leurs exploits
Eft plus aifé, Seigneur, que de pouvoir répondre
A de juftes raifons qui doivent vous confondre.
Mais quiconque connoît tous vos fubtils détours
Doit s'attendre fans-ceffe à de pareils difcours.
Je m'apperçois pourtant (foit oubli, foit prudence)
Que vous paffez ici d'autres faits fous filence,
Formofe fubjugué par le lâche Chinois,
Qui fçut faire trembler votre flotte deux fois:

　　　　　　　　　　　　　L'In-

L'infortuné Cojet banni par vos Grand-hommes,
A la honte de l'Inde & du siècle où nous sommes:
Mozambique, en dépit de vos fiers Généraux,
Trompant jusqu'à trois fois l'espoir de vos Héros:
Et quoique l'on ignore à quel titre servile
Le Batave au Japon sçut trouver un azile,
Malgré ce qu'il en dit, je doute fort, Seigneur,
Que son séjour y soit le fruit de sa valeur
Et que le Japonnois lui céde la victoire.
A Java même encor, pour y combler sa gloire,
Il manque quelque chose à son ambition,
Qu'il ne peut obtenir. . . . .

SAINT MARTIN.
         C'est?

AGON.
         De soumettre Agon.

SAINT MARTIN.
Tout est prêt pour cela. Cette réponse altière
Va vous faire sentir le poids de sa colère.
Madame, le Batave aspirant à vous voir,
En partant m'a chargé de remplir cet espoir,
Et de vous emmener: que dois-je lui répondre?

FATIME.
Que l'on verra la terre & le Ciel se confondre
Avant que je souscrive à ce projet affreux!

SCENE V.

AGON, FATIME, HASSAN.

HASSAN.

SAns doute, ayant prévu nos desseins généreux,
L'Ennemi va, Seigneur, descendre sur la rive;
Et, si j'en crois mes yeux, bientôt sa flotte active
Doit nous donner des fers ou va les recevoir.
Le Peuple de Java, fidèle à son devoir,

A mon

A mon premier fignal vient ici de fe rendre.
Le glaive étincelant, prêt de tout entreprendre,
Arme déja fa main : il n'attend plus que nous
Pour marcher au combat, pour diriger fes coups ;
Et nos braves Guerriers, pleins d'un noble courage,
Ne refpirent que fang, que vengeance & carnage.

AGON.

Allons : il en eft tems, marchons aux ennemis ;
Puniffons leur audace, & que nos bras unis,
Prévenant leurs deffeins, défendent nos murailles.
Allons tenter, Haffan, le deftin des batailles.
Nous les paffons en nombre & peut-être, en valeur :
Mais le nombre, mon fils, n'eft pas toujours vainqueur,
Et l'on voit quelque fois triompher le moins braves.
Tache donc d'imiter les rufes du Batave :
Retiens de nos Soldats l'impétueufe ardeur,
Ce courage fougueux qui tient de la fureur.
Souviens toi que tu vas combattre pour Fatime,
Et que tu dois punir le Tyran qui l'opprime ;
Que tu défends ton Peuple, & ton père, & ton Roi,
Que tu dois triompher, ou mourir avec moi !

SCENE VI.

FATIME, HASSAN.

HASSAN.

Madame, le deftin me paroît moins barbare,
Puifqu'enfin au combat le Sultan fe prépare ;
Qu'il ne rédoute plus ces fiers Républicains
Dont l'orgueil veut regler les droits des Souverains.

Je me flattois auffi de calmer vos allarmes,
Mais je vois vos beaux yeux obfcurcis par les larmes,
Et j'entends vos foupirs. Ce fuperbe Etranger
Auroit-il eû l'audace ?.... Ou bien de ce danger

Qui

Qui menace nos jours votre ame eſt elle atteinte?
Mais non, votre grand cœur ne connoît point la crainte.
Malheur donc à celui qui cauſe vos douleurs!

FATIME.

Ce n'eſt point ſur mon ſort que je verſe des pleurs.
Au deſſus d'un deſtin qui trompa ſon attente,
Rien ne peut étonner le cœur de votre Amante.
Je tremble pour vous ſeul: vous me voyez frémir
Quand je penſe aux dangers que vous allez courir.
Mon ame eſt trop liée au ſort de votre vie
Pour ne point rédouter la fureur ennemie,
Qui rappelle ſans-ceſſe à mes ſens allarmés
Ces globes déſtructeurs, ces foudres enflâmés,
Que précéde la mort & que ſuit la victoire,
Que vous feront braver la patrie & la gloire.
Songez que je préfére Haſſan à l'Orient,
Et que Fatime, hélas! perd tout en vous perdant!
Mais non, Seigneur, mais non: je ſens trop que mon
        ame,
Rougit de vous montrer ces foibleſſes de femme.
Partez, puiſque l'amour doit céder à l'honneur.
Allez ſauver Bantan & revenez vainqueur;
Soyez grand, généreux en dépit de mes larmes!

HASSAN.

Madame, quelque ſoit le deſtin de nos armes,
Soit que j'obtienne enfin la vengeance ou la mort,
Mon cœur ſera content de ſon glorieux ſort.
Où trouver, en effet, un mortel qui n'envie
Celui qui doit défendre & vous, & ſa patrie,
Qui doit vous poſſéder s'il revient triomphant,
Ou qui du moins aura vos regrets en mourant.
Mais ſi quelque ſouci peut me troubler, Madame,
Ou ſi la moindre crainte intimide mon ame,
Ce n'eſt pas que mon cœur rédoute de mourir:
C'eſt votre ſort cruel qui m'oblige à gémir!
Hélas! après ma mort que deviendra Fatime?
Si l'on voit triompher le Tyran qui l'opprime!
S'il vous contraint un jour de prendre pour époux
Un Prince indigne, hélas! de ſon ſang & de vous!

FATI-

FATIME.

Ne craignez point, Seigneur, de pareilles disgraces:
Je brave le Batave & crains peu ſes ménaces.
Les flots de l'Océan, élancés juſqu'aux Cieux,
Déroberont Sumatre & Célébe à nos yeux,
Bornéo périra par la fureur de l'onde,
Et la foudre céleſte écraſera ce monde,
Avant que le Batave appaiſe mon courroux,
Avant que cette main accepte un autre époux!
Mais ſi, dans le combat, vous penſez à Fatime,
Si quelque tendre ſoin pour elle vous anime:
Au milieu du péril, dans le ſein du malheur,
Ne rédoutez jamais de voir fléchir ſon cœur,
Ou que ſa main un jour puiſſe ternir ſa gloire.
Partez, Seigneur, volez au champ de la victoire.
Souvenez vous toujours qu'un aveugle hazard
Ne règle point le ſort du ſang de Macaſſar;
Que je ſuis de ce ſang, que j'en ſuis la dernière,
Qu'Haſſan eſt mon époux, que ſa gloire m'eſt chère,
Et qu'avant de trahir ou mon ſang, ou mes vœux,
Ce poignard préviendra la honte de tous deux!

Fin du quatrième Acte.

ACTE

ACTE CINQUIEME.

SCENE PREMIERE.

FATIME.

NOn, Haſſan, non jamais le ſuperbe Batave
Ne me verra ramper à ſes piés en eſclave,
Et malgré ſes efforts ſon Conſeil arrogant
Ne pourra me contraindre à trahir mon Amant.
L'Orient qui des miens connut toute la gloire,
Ne me verra jamais obſcurcir leur mémoire
Par la moindre baſſeſſe; & ſi le Ciel enfin,
Pouſſant jusques au bout mon malheureux deſtin,
Rend encor aujourd'hui mes eſpérances vaines,
Et veut tarir le ſang qui coule dans mes veines:
Je deſcendrai du moins avec gloire au tombeau!
Au tombeau!.. Mais aurai-je, hélas! un ſort ſi beau?
Qui ſçait? ſi le jouët d'une aveugle colère,
Je ne ſubirai point le deſtin de ma mère!
Si de mon corps ſanglant les membres diſperſés
Ne feront pas un jour au Batave expoſés!
Si l'on ne verra point ſur cette triſte rive
Fatime abandonnée, errante & fugitive!
Ciel! tel feroit mon ſort au plus beau de mes ans!
Moi, qui devois jouir des jours les plus brillans,
Moi, qui, dès le berceau, fus deſtinée au Trône,
Et qui pouvois prétendre une double Couronne.
Mais non, mes pleurs ceſſez: il eſt tems que mon
cœur
Faſſe éclater enfin ſa haine & ſa fureur.
O toi! de qui l'orgueil, ſans doute, nous prépare
Le joug le plus honteux, le ſort le plus barbare!

Daigne

Daigne le jufte Ciel à la fin te punir,
Et t'accabler des maux que tu m'as fait fouffrir !
Puiffai-je voir, Batave, à mes heures dernières,
Tes enfans étouffés dans le fang de leurs pères;
Et puiffent tes Guerriers, l'un fur l'autre expirans,
Voir contre nos remparts écraffer leurs enfans !
Qu'aux coups du Cingalois & de l'Arabe en bute,
Tout l'Orient charmé puiffe admirer ta chûte;
Ou que, pour plus d'horreur & d'opprobre à la fois,
Tu puiffe fuccomber fous le lâche Chinois!
Mais le bruit foudroyant de ton Artillerie
De la mort qui s'avance annonce la furie;
Et peut-être déjà nos plus braves Guerriers
Succombent fous l'effort de tes coups meurtriers!...
L'Iman ne revient pas: fa débile vieilleffe
Semble oublier combien fon retour m'intéreffe.

SCENE II.

FATIME, IBRAHIM.

FATIME.

IBrahim, eft-ce vous? Quel efpoir confolant
Pour Agon, pour Fatime & pour tout l'Orient
Venez vous m'annoncer?

IBRAHIM.

Du haut de nos murailles
J'ai vu la flotte altière & l'apprêt des batailles.
La Mer & nos remparts paroiffent animés,
Tandis qu'on voit au loin les vaiffeaux enflâmés,
Que l'Ange de la mort vient planer fur nos têtes,
Et femble préfager de funeftes tempêtes.
J'ai vû, près de nos murs, en de nombreux Esquifs,
Defcendre le Batave; & fes Soldats actifs,
Profitant du Canon qui lance au loin l'orage,
D'une intrépide main planter fur le rivage

Les

Les Drapeaux déployés de ce fier Conquérant
Sous lequel aujourd'hui gémit tout l'Orient.
Pour un moment il règne un horrible silence,
Dans cet inftant l'Armée & fe forme, & s'avance.
Sortant de leurs vaiffeaux ces divers bataillons
Courent tous fe ranger près de leurs pavillons :
Leurs Soldats courageux à l'envi fe fuccédent,
Tandis qu'un feu roulant & la mort les précédent.
Au centre on apperçoit le tranquille Chrétien,
Et fur les deux côtés le bruyant Indien ;
Qui, foumis à l'Europe, en trifte & lâche efclave,
Vient traîner à Java les vils fers du Batave.
L'Or qui brille à l'armure & d'Agon & des fiens
Va fléchir fous le plomb & le fer des Chrétiens ;
Et malgré leur éclat, nos Guerriers magnanimes
D'un métal déftruéteur vont être les viétimes.
L'Or n'eft que pour celui qui fçait ufer du fer,
Et le fer du Batave ici fçait triompher.
Quelle que foit enfin notre ardeur, notre audace,
L'art de l'Européen de beaucoup nous furpaffe ;
Et je tremble qu'Agon ne perde en ces momens
Un Sçeptre que fa main poffeda cinquante ans,
Un Sçeptre qu'il ne doit qu'à fon noble courage,
Et dont il fçut toujours faire un fi digne ufage.

FATIME.

Que fait Haffan ?

IBRAHIM.

Haffan, à la tête des fiens,
Eft le feul qui s'oppofe aux efforts des Chrétiens ;
Et foit qu'il fe défende ou marche à la viétoire,
Il ne s'écarte point du chemin de la gloire.
Son bras plonge aux enfers le Macaffarien
Qui brava fi longtems l'orgueil Européen ;
Le Timore veut fuir fa valeur indomptable,
Tous craignent de tomber fous fon fer rédoutable.
Agon fent la vieilleffe, & que nos derniers ans
Doivent couler en paix loin des dangers preffans :
La plus fière valeur en fes yeux étincelle,
Mais on voit dans fes mains fon poignard qui chancelle.
Sinan pare les coups qui fondent fur Agon,
Et par fes nobles faits illuftre fa maifon.

FATIME.

FATIME.

Il eſt tems, cher Haſſan, qu'au combat je te ſuive.
Voudroit-on que Fatime, indolente & craintive,
Se bornat à pleurer les malheurs de Bantan,
Tandis que tu combats notre commun Tyran?
Non, je veux à tes yeux braver la Batavie,
Combattre pour Agon, pour toi, pour ta patrie;
Egaler ta valeur, ou mourir près de toi.
Le ſang de Macaſſar ne connoît point l'effroi!
Dans un pareil danger ma mère courageuſe
Périt à Samboupo d'une mort glorieuſe.
Si je n'ai pû des miens hériter la grandeur,
N'en ai du moins appris à mourir ſans frayeur.
Je veux montrer que j'ai leur audace en partage,
Et que l'Europe tremble au bruit de mon courage.
Iman, guidez mes pas: il ne faut plus ici
Se borner à des pleurs, du foible ſeul l'appui.
Il faut venger les miens, il faut venger l'Aſie,
Allons, il faut punir la fière Batavie.
En quelqu'endroit que ſoit l'armée en ce moment,
Mon cœur y ſçaura bien découvrir mon amant!

IBRAHIM.

Daignez calmer, Madame un inſtant ce courage;
Nadine, par ſon zèle amenée au rivage,
Viendra de notre ſort vous inſtruire en ces lieux.
La voici.

FATIME.

La douleur eſt peinte dans ſes yeux!

SCENE III.

FATIME, IBRAHIM, NADINE.

FATIME.

AH! je ne lis que trop, Nadine, dans tes larmes
Et le deſtin d'Haſſan, & le ſort de nos armes!

D NA-

NADINE.

Haſſan vit & combat, mais Agon eſt bleſſé.
Apprenez en tremblant tout ce qui s'eſt paſſé!
Pour la troiſième fois le courage inutile
De nos braves Guerriers repouſſés vers la ville
A l'aſpect nos murs ſembloit rénaître enfin,
Et, peut-être, auroit-il triomphé du deſtin.
Ils voient ſur nos remparts leurs femmes effrayées,
Invoquant le Prophête & dans les pleurs noyées:
Le déſespoir redouble & ſoutient leur valeur.
Les Bataves alloient éprouver leur fureur,
Déja même on voyoit fuir leurs fières Cohortes:
Lorsqu'on entend ſoudain, à l'une de nos portes,
Un bruit confus mêlé de mille cris perçans:
Voici, dit-on, *Abdul, dont les coups triomphans
Dans le ſang des Chrétiens doivent laver ſa honte!*
Agon, qui craint d'abord une rumeur ſi prompte,
Eſt père, & croit enfin qu'un noble repentir
A ſçû toucher ſon fils, & céde à ce plaiſir.
Il montre au loin Haſſan: *vois*, dit-il, *vois ton frère,
Et ſois ainſi que lui le vengeur de ton père!*
Le traître en ce moment, dans un calme odieux,
S'avance vers Agon & le frappe à nos yeux!
Va, dit-il, *où bientôt mon frère te doit joindre,
Et juge ſi ſon bras pour Abdul eſt à craindre!*
Il dit, & fait briller ſon poignard tout ſanglant,
Puis fixe ſes regards ſur ſon père expirant.
Mais frémit néanmoins lorsqu'il voit ſa bleſſure.
Dieu, qui l'abandonna, fait parler la nature.
Le poignard du remords déja navre ſon cœur,
Et l'on voit dans ſes yeux le déſespoir vengeur.
Chacun reſte immobile à ce coup qui le tuë,
Et les Guerriers Chrétiens vers nous tournent la vuë:
Ces hommes qui ſans-ceſſe affrontent le trépas,
Et qui bravent le feu, la mer & les combats,
Reculent tous d'horreur; & leur cœur inflexible
A parû déteſter cet attentat horrible!
Le fidèle Sinan prend ce moment d'effroi
Pour conduire à la ville & pour ſauver ſon Roi;
Tandis que nos Guerriers, pour défendre leur maître,
Fondent avec fureur ſur les Soldats du traître

Malgré

Malgré le plomb cruel qui déchire leurs flancs,
Mais un défordre affreux fe met dans tous leurs rangs:
Haffan, qui voit des fiens la valeur inutile,
Céde, mais en Héros, & revient vers la ville
Pour fauver les débris de fes fiers bataillons.

FATIME.

Eft-il donc ici bas, grand Dieu! des Nations
Qui ne puiffent jamais appaifer ta colére?
Ou feroit-il auffi des mortels fur la terre
Que ta main abandonne aux caprices du fort!
A quoi fert donc ta foudre! à quoi fert le remord!
Si ces humains pervers dont nous fommes victimes,
D'un front calme & ferein jouiffent de leurs crimes!
Qui donc de l'innocent pourra tarir les pleurs?
Si la vertu fuccombe à de fi grands malheurs!
Que fert au digne Agon le tendre témoignage
De fon Peuple admirant fes vertus, fon courage;
Et d'avoir confacré fes travaux, fes bienfaits,
A protéger le jufte, à maintenir la paix!

IBRAHIM.

Ne bornons point de Dieu la fageffe éternelle,
Et n'accufons jamais fon amour paternelle.
Si nous voyons le jufte opprimé du méchant,
Et l'injufte jouir d'un bonheur apparent;
Si la vertu paroît inutile, ou funefte:
Madame, efpérons tout de la bonté célefte
Qui fera triompher les vertus à leur tour.
Si tout n'eft pas parfait, tout le doit être un jour!

FATIME.

Le crime en attendant femble regir la terre,
Et couronne aujourd'hui l'affaffin de fon père!
Agon, que fa fageffe à l'Empire éleva,
Arrofe de fon fang les rives de Java!
Mais qu'ai-je à rédouter pour me laiffer abbatre?
Puisqu'Haffan vit encor, puisqu'Haffan peut combatre.
Le noble fang Malais, qui fçait braver le fort,
A des liens honteux préférera la mort.
Le Batave d'Haffan ignore le courage,
Mais il fçaura bientôt comme il venge l'outrage,
Il apprendra quel fang anime fon grand cœur,
Et fentira le poids de fon glaive vengeur.

Agon,

Agon, quoique bleffé, dans ce péril extrême,
Peut le forcer encor à trembler pour lui-même.

N A D I N E.

Non, j'ai vû le Sultan; il ne peut plus, hélas!
Préfider au Confeil, ni marcher aux combats.
Agon fe fent frappé d'une funefte atteinte,
Et n'attend que la mort, mais il l'attend fans crainte;
Et malgré la pâleur qui couvre tous fes traits,
Ses yeux brillent toujours de cette douce paix
Que donne la vertu, que foutient le courage,
Et qui du Héros feul peut-être le partage. . . .
Mais que nous veut Sadi? Son régard inquiet
Semble nous annoncer quelque nouveau forfait.

S C E N E IV.

FATIME, IBRAHIM, NADINE, SADI.

S A D I.

H Affan, par l'ennemi repouffé vers la ville,
Traça ce peu de mots dans un moment tranquille:
Si vous daignez, Madame, en croire fon avis,
Il vous faut prévenir les pas des ennemis,
Et ne pas différer d'un inftant à me fuivre.

F A T I M E.

Donne moi. Cher Amant! dois-je mourir ou vivre?
(*Elle lit.*)
Fatime daignez joindre au plutôt votre époux,
Puifqu'ici, hors l'honneur, tout eft perdu pour nous!
Viens, Sadi, conduis moi. Dans ce malheur extrême,
Ce que je crains le moins, Haffan, c'eft la mort même!

SCENE V.

IBRAHIM.

HElas, c'eft donc ainfi que les triftes mortels
Doivent fubir, grand Dieu! tes décrets éternels?
Quand la brillante aurore annonçoit la lumière,
Et que l'aftre du jour commençoit fa carrière,
Trop malheureux Agon, qui jamais auroit cru
Qu'aujourd'hui ton pouvoir eut encor difparu.
Divine Providence! immortelle fageffe!
Non, je n'en doute point, ta prudente tendreffe
Cache aux yeux des mortels le livre des deftins,
Pour que l'homme ici bas rempliffe tes deffeins.
C'eft par là que fon cœur, au fein de la fouffrance,
Jouit du moins encor de la douce efpérance:
Efpérance propice! heureufe obfcurité!
Qui foutient les humains dans la calamité.
Et qui pourroit, ô Dieu! fupporter fans murmure
Les malheurs dont ta main afflige la nature:
Si l'on n'efpéroit pas en tous tems, en tous lieux,
Que tout ce que tu fais, tu le fais pour le mieux!
    Mais quels triftes accens!.. Haffan, quoi! ta vaillance
A dû céder?.... Mais non: c'eft le Roi qui s'avance.
J'entends les cris du Peuple, & vois couler fes pleurs.
Hélas! que ces regrets préfagent de malheurs!
O vous, de qui la main jadis féchoit nos larmes,
Que dans ce jour d'horreur vous nous caufez d'allarmes!

SCENE VI.

AGON *foutenu par* SINAN, IBRAHIM.

IBRAHIM.

O Gloire de l'Afie! ô Sultan généreux!
Vous, qui futes toujours l'appui des malheureux,

Vous,

Vous, dont la vertu feule animoit la grande ame,
Quoi! la mort de vos jours va donc trancher la trame.

A G O N *affis.*

Oui, de l'humanité je vais remplir le fort,
Et puisque j'ai vécu je dois fubir la mort.
Trop heureux, cher Iman, à mon heure dernière,
De pouvoir fans remords voir finir ma carrière.
Il m'eft bien douloureux, fans doute, d'expirer
Par la main de mon fils; mais qui peut pénétrer
Les fuprêmes décrets d'un Dieu clement & jufte
Qui cache les refforts de fa puiffance augufte....
Fatime eft-elle ici?

I B R A H I M.

Non: Haffan l'a tantôt
Fait prier par Sadi de le joindre au plutôt.

A G O N *à Sinan.*

As tu quelque réponfe?

S I N A N.

Oui, Seigneur: celui-même
Que nous avions chargé de votre ordre fuprême,
M'a dit, que votre fils, fidèle à fon devoir,
Dans peu, quoiqu'à regret, remplira votre efpoir;
Qu'aux remparts de Tartaffe & que dans l'Inde entière,
Dans le fang du Batave il vengera fon père;
Et que, dès que Fatime aura rejoint fes pas,
Il marche pour fauver fon Peuple & fes Etats.

A G O N.

Amis, puifque le Ciel, au bout de ma carrière,
Né permet point qu'Haffan me ferme la paupière:
Inftruifez ce cher fils des fecrets fentimens
Qui rempliffent mon ame en ces derniers momens;
En ces momens où loin & du crime & du monde,
Elle va du tombeau goûter la paix profonde.
Dites lui que fon père, ainfi que lui, jadis
Fut errant, fugitif, mais craint des ennemis;
Qu'un jour, ainfi que moi, remontant fur le Trône,
Il jouira des biens que la vertu nous donne.
Que feul libre en Afie & ne rédoutant rien,
J'ai toujours méprifé le Confeil du Chrétien;
Ce fuperbe Confeil, de qui la main perfide
Ne m'a pû vaincre ici que par un parricide.

Iman,

Iman, dis-lui qu'Agon, par Abdul égorgé,
Par le Batave même en peu fera vengé;
Que ce monftre fera leur première victime,
Qu'il fçaura d'eux comment le Ciel punit le crime;
Et qu'enfin le Batave à des traits ennemis
Lui même cédera. . . . Mais quels lugubres cris
Viennent troubler mon ame en cet inftant fuprème?
Quoi! c'eft Nadine, ô Ciel! Ah, je perds l'efpoir même!

SCENE VII. ET DERNIERE.

AGON, IBRAHIM, SINAN, NADINE.

A G O N.

Que fait Haffan, Nadine?

N A D I N E.

O coups inattendus!
Ciel! eft-ce là le **prix** que tu dois aux vertus?
Seigneur, de nos malheurs fachez les triftes fuites.
Lorfqu'aux piés de nos murs Sadi nous eut conduites,
Qu'il nous eut fait entrer dans un chemin couvert,
Où votre digne fils, avec lui de concert,
Devoit fe joindre à nous pour défendre Fatime:
Elle fent redoubler le transport qui l'anime.
Malgré l'obfcurité, malgré notre embarras,
Elle vole, & je fuis avec peine fes pas.
A la fin la lumière à nos yeux eft renduë:
Mais, ô Ciel! quel objet vient frapper notre vuë!
C'eft Haffan égorgé, qui, noyé dans fon fang,
A de fon affaffin le poignard dans le flanc.
Je m'écrie, & Fatime, en un morne filence,
Leve les yeux au Ciel, puis vers Haffan s'élance!
Elle refte immobile auprès de votre fils.
L'infidèle Stenvic, le feul des ennemis
Qui s'approche de nous, ofe toucher Fatime.
Mais à l'inftant fa main, que la douleur anime,
Arrachant le poignard du corps de fon amant,
Dans le cœur de Stenvic le plonge encor fumant.
Telle

Telle on voit dans les airs une foudre imprévuë
Pour punir les mortels s'élancer de la nuë!
Puis, ô malheur affreux! elle frappe son sein
Du poignard qu'a souillé le sang de l'inhumain!
J'y cours, mais c'en est fait: elle étoit chancellante.
Malgré moi, fur Haſſan elle tombe expirante:
Trop cher Amant! dit-elle, au moins j'ai ſçû venger
Ton trépas glorieux, que je vais partager!
J'ai puni l'inhumain dont l'ame criminelle
Oſa ſervir d'Abdul l'ambition cruelle!
Hélas! que n'ai-je pû, dans ce triſte revers,
Plonger tous les Chrétiens d'un ſeul coup aux enfers!
A ces mots, elle touche au terme de ſa vie,
Mais ſon poignard menace encor la Batavie,
Et ſon œil en mourant fixe les ennemis!

AGON.

Cher Haſſan! ô Fatime! ô ma fille! ô mon fils!
Quoi! ton ſang, mon trépas, un affreux parricide
Conduiſent donc au Trône un fils ingrat, perfide,
O vous! qui ſeuls ici faiſiez tout mon bonheur,
Je vous ſuis, & j'expire avec vous de douleur!
L'Inde de tes vertus, Fatime, étoit indigne,
Et de jouïr, mon fils, de ta valeur inſigne!
Le courage & l'honneur ici ſont expirans,
Et je laiſſe l'Aſie en proïe à ſes Tyrans!

F I N.